就是要活得生动

〔日〕**黑柳彻子** 著

贾超 译

南海出版公司

新经典文化股份有限公司
www.readinglife.com
出 品

目 录
Contents

第一章 我有一颗好奇心 /1

第二章 我的工作是"传达" /39

第三章 有怎样的父母,就有怎样的孩子? /75

第四章 舞台是一生的事业 /101

第五章 漫长的告别 /125

第六章 被喜爱的东西环绕着 /147

第七章 我接触到的"美丽的事物们" /177

第八章 战争与和平 /211

策划·组稿
菊地阳子

第一章

我有一颗好奇心

我觉得正是有了好奇心，人才会活得生动。

"《彻子的房间》也好，《世界奇妙发现》也好，'海外喜剧系列'也好，一份工作我可以坚持二十年甚至三十年的理由只有一个，那就是好奇心。"彻子这样说。不要墨守成规，用孩子般充满好奇的心去听别人说话，去了解这个时代。保持着好奇心去行动，真是一件很棒的事情。

专业的果然厉害!

演绎角色是非常有趣的事情。在拍摄《VOCE》[①]二〇一〇年七月刊时,我体验了一次现代化妆技术,感觉与其说是变身,不如说是扮演了年轻女性的角色。

我一直都自己化妆。二十几岁的时候,大家用的是舞台专用油彩,当然现在都涂粉底了。那时候的化妆,就是抹上比面霜硬得多的油彩,再扑上粉。电视都是黑白的,所以口红要涂成紫色,这样嘴唇看起来才是红色的。到了三十几岁,我才开始画点眼线什么的。那时候,奥黛丽·赫本的双眼线画法是我模仿的范本。

---

① 日本时尚美妆月刊,创刊于1998年,读者主要为20多岁的女性。

二十世纪七十年代《The Best 10》[①]开播。进入七十年代,不光是歌手,普通人都开始打扮起来。化妆师和造型师的职业也越来越普遍,因此才有了八十年代标志性偶像松田圣子的诞生吧。但我自己从来没想过让别人给我化妆,虽然我也知道专业人士的技术是非常厉害的,但那样会花好多时间呀!我也不喜欢太早进演播室。所以,我一直是自己"嚓嚓嚓"几下,迅速搞定。(笑)

这次参加《VOCE》的拍摄,我由衷地感到专业的果然厉害。一进化妆室我就吃了一惊,以为是到了化妆品卖场。眼影呀,腮红呀,口红呀,各种专业用品摆满了梳妆台,而且都有着梦幻般美丽的色彩!其次让我吃惊的是,化妆步骤繁多,但每一项都很仔细。自己化妆虽然迅速,但我非常清楚那是多么简单粗暴。(笑)现在的粉底都是喷雾状的了吗?从一个蓄电池般的小瓶子里"咻咻"地喷到脸

---

①1978 年至 1989 年每周四晚 9 点在 TBS 电视台直播的音乐排行榜节目。黑柳彻子主持了所有节目,共 603 期(直至 1985 年,男主持人一直都是久米宏)。在偶像全盛时期的 20 世纪 80 年代,节目以 41.9% 的高收视率成为 TBS 的当家节目。

上，和肤色一样的液体细腻到根本看不出任何颗粒。还好有化妆师，这样需要耐心的工作换成我来做，早就半途而废了。在我胡思乱想的时候，细腻的粉底已经一点一点覆盖在了脸上，皮肤看上去又光滑又美丽。之后画眼线呀，粘假睫毛呀，每一步都细致入微。精致的颜色，精湛的技术，将这些都堆砌在我脸上之后，一张全新的面孔出现了。

其实，我自己也挑战过很多妆容，但都是为了舞台演出。舞台妆无论怎么化，最基本的要素都是冲击力，所以重点是让面部轮廓看起来清晰，眼部和嘴唇给人留下深刻的印象。舞台妆是要让别人牢牢记住你。我两眼之间的距离比较远，所以平时化妆的重点是让眼睛看起来近一些。但这是第一次，化妆师强调了我的眼距。我想，化妆时只掩饰缺点并不算专业，突出特点、给人深刻印象，才是真正专业的水准吧。

表情要配合妆容和时尚感

妆化好了,我坐在镜子前想看看自己到底是什么样,不禁哈哈哈笑了起来。这完全是另一个人了嘛!化妆时我只是觉得步骤和平时完全不同,并不知道自己会变成什么样。完成后一看,一种想法涌上心头:我就是我,但眼前"这个人"的性格,一定是这样的。对呀,我的表情要配合这种妆容还有时尚感才可以!我要和平时的自己有所不同,应该像一个初出茅庐的年轻姑娘,好像别人问什么我都可以回答"我不太清楚"。

摄影师也很理解我的想法。比如说,最开始拍的平子理沙[1]妆容和之后的短发黑礼服妆容,眼睛

---

[1] 平子理沙(1971—),日本时尚模特。平子理沙妆容以展现光泽感、透明感和甜美气质为特色,深受日本女性欢迎。

里的光彩是完全不同的。因为是数码相机，拍摄完毕还可以让我在电脑上确认照片，真有意思。第二张穿红色礼服的全身照，拍摄时我赋予人物的是刚结束试镜的新人女演员的感觉：她第一次试拍写真，一边说着"请大家多关照"，一边走进来，心中对今后的事业充满了期待和不安。

换黑礼服时，和之前的两张相比，我已经有了自己的想法，想表现出贵妇范。这个妆容和平子理沙妆容放在一起，给人的印象完全不同。不过，实际化妆时，只是在最基础的妆面上稍稍做了一些改动。

比起漂亮，率真就好

不管是化妆还是拍摄，这次我自己一点儿意见都没有提，因为觉得这样才更有趣。如果受到我的干扰，就不会有无限的可能性了。任何的未知都是有趣的，不是吗？想改变的话，最重要的就是不能有"我不这样不行"的想法。我想，不管多大年纪，人都有改变的可能，怀着忐忑的心情期待着不同的自己，不是很有趣吗？

把自己交给别人并不可怕。本来我也不怎么会怀疑别人。小时候，有一次家里来了客人，让我去打招呼。客人满脸惊讶地看着我的脸，和父母做比较。"明明爸妈都这么好看……"（苦笑）现在想想，客人的话虽然失礼，但的确，我的父母都非常漂亮，我却完全没有继承他们的基因，真是不可思议呀。

父母听完客人的话，呵呵地笑着说："继承的只有率真的性格。"听他们这么说，我觉得率真比漂亮更重要！从那时起，我便从未为自己的外貌自卑过。从小只要别人说"可以"或"好"，我就会想"原来是这样啊"，并且信以为真。演员所乔治参加《彻子的房间》[①]录制后，杂志上甚至刊出"所乔治不能在《彻子的房间》说谎"这样的内容。这是因为他在节目访谈里说："我养过像牛一样大的柴犬。""啊?！"我大感惊讶。听到这样的话，我也从没想过"不可能"，只觉得也许是我不知道而已。

[①] 黑柳彻子主持的谈话类节目，1976年开播至今，为日本朝日电视台最长寿的节目。2015年，节目播出一万集，创下吉尼斯世界纪录。

无聊是什么？

结束了《VOCE》的拍摄，我和朋友去吃饭。因为最开始的平子理沙妆容对我的冲击很大，所以我把数码相片给朋友看，所有人都说："真有意思！"大家热烈地议论道："彻子，如果录制《彻子的房间》你也化这样的妆多好啊！"（笑）虽然我可以对他人的评论视而不见，但如果这么出现在《彻子的房间》，估计观众们会说："为什么黑柳彻子今天是这样的妆容和发型？"这哪儿还像是谈话节目？也正因此，我的发型一直没有变过。

在我的人生里，只要决定做的事情就永远不会觉得腻。很久以前我在青森县避难的时候，孩子们都会帮忙做装苹果的纸袋。别的孩子都因为腻了而停下来，问我"你还没做烦吗"时，我嘴上答着

"烦啊",手却没有停。现在,如果我能拿到和电视节目演出费差不多的钱,我的职业可能还是做纸袋。(笑)

无聊?到现在为止,还没有让我觉得无聊的事情。无聊是什么?我每天走的路都是相同的,但从没有因走烦了而改变路线的念头。即使是同一条路,也会随季节变化而有新的发现。

我能反复做一件事,但这并不代表可以习惯这样的人生。比如说,有人干了不好的事情,但习惯后也就不觉得有什么奇怪了。我并不喜欢这样。你问我保持好奇心的秘诀是什么,我想大概是不要用"应该这样或那样"来勉强自己和别人吧。还有,"约定俗成的就是最好的"也会把自己束缚住。比如,人们认为男人都喜欢漂亮女人。但现实社会里,查尔斯王子却选择了卡米拉,她和已故大美人戴安娜王妃的容貌相差很多,大概是因为有一颗美丽的心吧?价值观本就因人而异,还是不要想当然为好。

我扮演过很多角色。在日本放送协会(NHK)的晨间剧《茧子一个人》中,我扮演的青森县出身的保姆田口京曾引起热议。完成了这个角色的戏份后，我为了学习舞台剧去了纽约。回来后，有读者来信说："看不到田口京好失落啊！"观众对角色的支持好像已经超过了对我本人的支持。除此以外，我还在舞台剧《三个高个子女人》中扮演过九十二岁的老妇人。在《彻子的房间》里，制作人小泽昭一[①]先生做嘉宾的时候，角色扮演已经成为定例。我扮过黑皮肤的辣妹、水兵月、女高中生，演过弁财天和因幡之白兔[②]，还有空姐、护士、服务生、新娘……我尽力配合小泽先生的提议。但是，比起辣妹风格的女高中生，这次拍摄《VOCE》时的装扮看起来更年轻。

[①] 小泽昭一（1929—2012），日本演员。1976年第一次做客《彻子的房间》以来，他持续参演以"全新的cosplay"著称的"变装系列"环节。小泽昭一和彻子共同出演了1961到1964年播出的NHK电视剧《年轻的季节》，由此成为朋友。
[②] 弁财天，日本七福神之一，被视为掌管财富与福气的女神。因幡之白兔，日本古代神话中的兔子。

非日常的自我扮演

我在电视上看过一位叫田边鹤瑛的讲谈师[1]讲述自己的护理经历。田边女士年轻时先后护理过母亲和婆婆,最近又开始照料公公,是这方面的专家。认真护理其实是非常辛苦的,田边女士却讲得很幽默,就像说书一样。她会和公公说:"木村,用毛巾擦脸吧。"她经常用名人的名字喊公公,木村呀,一朗呀,等等。[2] 说自己的事情时,她也会用很潇洒的语气。她还会拜托公公:"给我唱个早稻田的校歌吧。"很多辛苦的事情像说书一样讲出来,好像就没那么辛苦了,田边女士似乎也乐在其中。

---

[1] 讲谈,日本传统曲艺。讲谈师持扇坐在小桌前,以幽默的口吻和韵律生动地讲故事。
[2] 此处指的是日本艺人木村拓哉、棒球选手铃木一朗。

其实，对任何人来说，日常生活都不是一件轻松的事情。所以才需要扮，才需要演，才需要变身。稍微扮演一下非日常的自己，说不定会让你恢复精神、干劲满满。

降临上海的闪亮天使

二〇一〇年上海举办世博会,主办方邀请我参加演出。黑须花子女士为我设计了像大天使加百列一样的衣服。她一直是银座剧场的舞台服装设计师,这次为我做的衣服上缀满了亮片,真漂亮!明明是天使,却弄得亮晶晶的。(笑)

我的演出是"日本周"活动的一个环节。活动从角色扮演到日本传统艺术的讲解,广泛展示了日本文化。当天,我和演员杏女士一起登台,在世博会的亚洲舞台进行了展示。为了呼应"可爱的和平象征"形象,我把头发束成心形的大丸子,佩戴上大天使加百列般大大的羽毛翅膀,穿上白色毛皮外套和亮晶晶的衣服,尽可能地展现出华丽、可爱的感觉。

上海给我留下了特别快乐的回忆哦。二〇一〇年，在"上海小朋友最喜欢的书"问卷调查中，《窗边的小豆豆》排名断层第一，排第二的是"哈利·波特"系列。在中国读者的心里，"小豆豆"人气很高呢，真有意思。大约十八年前，上海还举办过小豆豆交响音乐会，我作为作者也去到了演出现场。我想好不容易来一次，应该做点什么才好，于是打算用中文演唱中国有名的歌曲《在那遥远的地方》。歌曲表达了牧羊少年对一位女子的相思之情，在中国家喻户晓。间奏时我模仿着唱了段京剧。真是异想天开！（笑）大家笑得太开心，竟有人从椅子上翻下来！最后日本驻华大使说："迄今为止，我们为文化交流做过很多尝试……这个嘛……很好……"他语气听起来很高兴，表情却很复杂。其实，我自己这么异想天开地演唱也是头一次。

世博会的演出是用琵琶伴奏的，我唱的还是《在那遥远的地方》，仍然用京剧似的高亢嗓音来表演。间奏时，我试着用蹩脚的中文加入了京剧念白。上一次这么演出还是近二十年前，收获了满座的大笑。

我想,比起那个时候,现在信息普及,不会再有人那样笑了吧。但我又一次收获了满堂的笑声。(笑)算啦,谁也想不到竟有人会在歌曲里加入京剧吧。总之第二天舞台下又聚集了上百人,纷纷议论:"昨天这里的演出真有意思,今天还有吗?"我们表演完还有人不断围过来,第三天也是,第四天还是。

接触新事物的喜悦

世博会哪里有趣?怎么说呢,能够接触到新事物难道不有趣吗?一九七〇年,大阪举办了世博会,当时在日本也是很轰动的事情。我和朋友一起去了。那时捷克斯洛伐克还没有解体,听说他们的展馆很有趣,影像和人可以完美地结合,于是我也去看了。巨大的画面中有一个走钢丝的人,大家都紧张得咽着唾沫注视着他,不一会儿他便从屏幕中跳出来,开始奔跑,大概就是这个样子。虽然去世博会转了一圈,但说实话,由于当时的情形太混乱,除了捷克斯洛伐克馆以外,其他的我已经记不清了。不光是各个展馆,外面的广场、通道也像站台一样混乱!我说着"借过""不好意思",好不容易挤到了捷克斯洛伐克馆。还有,忘了哪国展馆的咖啡味的冰激凌也很受好评，但是队排得实在太可怕了，我只好买了普通的杯装冰激凌。展示区里还有"阿波罗计划"带回来的"月之石"，很受瞩目。但能看到它的人，不知道是从多久之前就开始排队了。

被音乐剧征服

在过去的出游经历里,一想到就让我兴奋的是什么?那要数第一次去迪士尼了。一九五九年,连接大西洋和五大湖之一密歇根湖的"圣劳伦斯海道"开通,我第一次去到了美国。我登上饭野海运的一艘轮船,由日本出发经圣劳伦斯海道前往美国。当时我穿着和服站在甲板上,肩负着将东京都知事的信转交给芝加哥市长的任务。当时我是NHK的头号女艺人,总在电视上出现,就像现在的偶像明星,家喻户晓也成了一件好事。那时《周刊新潮》策划了名为"一百万日元海外照片问答"的活动,我的旅途成为竞猜的内容。当时一百万日元可是了不得的数目,真是个让读者跃跃欲试的大策划。

这次的行程,要先在夏威夷加油补给,然后在旧金山住一晚，再到芝加哥。到达旧金山的时候，我惊奇地看到了美国占领军以外的大批外国人，还有非裔搬运工。给他们小费的时候，他们会说"Thank you"。那时还处于战后初期，日本人经常会从外国人那里得到巧克力、口香糖之类的小礼物，但是从未想过送对方什么。

圣劳伦斯海道的活动结束之后，饭野海运的人建议我们最好去纽约看看。我第一次在百老汇看了音乐剧，竟然是《窈窕淑女》！音乐剧由电影《窈窕淑女》的主演雷克斯·哈里森和《音乐之声》的主演朱莉·安德鲁斯共同出演，我只能发出"啊——"的惊叹。（笑）我真的被百老汇的音乐剧征服了！歌曲和舞蹈当然非常精彩，但不止于此，还有气派的舞台、华丽的服装和震撼的管弦乐。最棒的当然是演员的演技！在日本没人能演得来！从那以后，我再也不说"我想演音乐剧"了。当然，最近日本也有高水平的音乐剧上演，我自己也演了许多剧目。但在当时，我真的被震撼了，原来还有那样华丽而振奋人心的娱乐方式。

和炫彩的掸子一起旅行

第一次去美国,贺卡种类之丰富也触动了我。那里简直是卡片的国度,在超市里就有各式各样的贺卡出售。光拿生日贺卡来说,就囊括了所有能赠送的对象:给丈夫的、给女儿的、给儿子的、给孙女的、给孙子的……看到这些卡片时我觉得像做梦一样,实在太棒了!我进入NHK,就是想成为擅长给孩子读绘本的妈妈。于是,我心里一边想着什么时候结婚有了孩子,要将这些卡片送给他们,一边花光了身上所有零钱。但到头来,一张卡片都没用上。回忆起这段往事,我不禁想不知那时买的卡片变成什么样了,于是打开了箱子。卡片的糨糊已经粘得牢牢的,完全分不开了。我想硬把它们分开,结果全都扯破了。(苦笑)

之后，我顺道去了旧金山，也是第一次。逛街时我看见有卖鸡毛掸子的店。这些掸子漂亮得超乎想象，加入了粉、紫、蓝的渐变色，蓬松极了，可爱得不得了！"这样的掸子日本没有，我要买回去送朋友！虽然回程也会路过旧金山，但到时没货可就麻烦了。"我这样想着，买了十把鸡毛掸子。但这些掸子太大了，装衣服的箱子实在放不下。所以从芝加哥开始，到魁北克、渥太华、尼亚加拉、纽约，我一路抱着它们。每天这样拿着走来走去，它们渐渐变旧褪色了，还有些脏。就这样晃荡了十天，再回到旧金山时，我又去了同一家店，看到那些全新的漂亮掸子……真是有点遗憾。

小叮当做向导，好兴奋

对了，该说说迪士尼了！我们到纽约的时候，还是饭野海运的工作人员推荐说："一定要去迪士尼看看！"于是回程去旧金山时，顺便请他们带我去了迪士尼。我特别兴奋，明明是早上第一个进去的，却一直待到了闭园。没想到一个大人也会这样着迷。半路上，饭野海运的陪同人员问我："一个人可以吗？我一会儿来接你。"然后他就回去了。

迪士尼很晚才关门，我就这样独自待到了晚上十点左右。我人生中第一次坐过山车就是在"雪岭飞驰"项目。但我实在玩不了过山车，因为我害怕速度快的东西。大概会有人说："你的语速就很快嘛！"（笑）我最喜欢的是"潜艇之旅"和"小小世界"。还有一个项目，我不记得名字了。黑暗中，有小叮当这样可爱的小仙子做向导,我本来是很怕黑的,但是小叮当在前面,我一直又紧张又兴奋。

　　华特·迪士尼真是了不起的人物!我一边在空中飞,一边这样想着,他为孩子们提供了如此美丽而有趣的场所,我从心底里感到钦佩。我慢慢产生了"美国真了不起"的想法,回到了日本。

来了个女的!

最近,我偶然看到一九五八年担任NHK"红白歌会"主持人时的照片。那是我第一次主持红白歌会,据说当时我也是这档节目最年轻的主持人。

看到照片时,让我感到惊艳得想喊出声的是那身可爱的礼服。五十三年前的金色礼服,有着深V领、收腰和灯笼裙的设计,是定做的,现在看也觉得很满意。

当时的红白歌会不像现在这样有知名度,出场的歌手们也没有这么好的待遇。大家都是忙完自己的演唱会或者客串演出再到新宿KOMA剧场,还有警车开道。当时参加的有赤坂小梅、淡谷法子等许多歌手。直播过程中,会有人在幕后喊:"来了个女的!"(笑)但我忙到来人是谁都不知道,难以置信吧？歌手们抵达KOMA剧场后得换衣服、重新化妆，而这段空白时间要由我来填满。有一次，为白队助阵的人已经装扮成武士模样上台了，可是歌手还没准备好。我见到队伍里有一只小狗，于是问道："你是妹妹吗？如果是，能给红队加加油吗……"我就这么把节目主持了下去。之后，NHK的负责人对我说："可真有你的啊！"（笑）

有气魄呀，有好奇心呀，有活力呀，在那个时候，这些似乎一直是我的专有名词。《彻子的房间》近期请来了演员佐野浅夫，他听我说了红白歌会的往事后也很惊讶。

佐野先生连续四十五年在NHK的广播节目《故事来啦》中担任朗诵者。五十多年前，NHK还没有像样的停车场，大家都是找合适的地方停车。移动车子的时候，就在车下放进千斤顶，让车子改变方向。我喜欢看新奇的东西，有一次和佐野先生同行时，我说："哎，拜托门卫让我们看看怎么挪车吧！"佐野先生却说，比起看用千斤顶挪车，看黑柳彻子更有趣。这次在节目里，佐野先生说："从前你就是个好奇心很强的人,要是再遇到同样的情况,你是不是还会说'哎,佐野先生,让我们看看怎么挪车吧'?"

不知道什么时候有了这样的传言

人的印象很有趣，在音乐家吉田秀和的文集中，小时候的我是个"口齿伶俐的小姑娘"。战前，吉田先生曾在"自由之丘"居住。指挥家上田仁和我家都住在"洗足之家"附近，这里成了音乐家、评论家的聚集地，大家在这里畅谈。我偶然读到吉田先生的文集，里面写了父亲和大家聚会的事情。那时弟弟还在世，书里写到我很懂事，是个会照顾年幼的弟弟又口齿伶俐的小姑娘。我很吃惊，因为那正是我从小学退学的时候！那样的我竟然"口齿伶俐"，看到这个描写我很高兴。

对了，战后母亲的朋友来我家做客时，好像也说过我口齿伶俐。（笑）那时候，母亲独自照顾我们，父亲还在西伯利亚。那位朋友来访时，我正在玄关坐着，我对她说："妈妈现在出去了，爸爸去了西伯利亚，有什么需要我转达的吗？只是，如果要给西伯利亚的爸爸带话，不知道什么时候才能送到。"

我登上电视后，这位朋友给母亲寄了一封信，说："我经常和女儿说，彻子从小就口齿伶俐，所以才能出名哦！"其实，那时候的我只是个学生。小孩子就应该有小孩子的样子不是吗？我却说出"爸爸去了西伯利亚……"这样的话，自己想想也觉得好笑。

元气国度来的使者?

小时候,我不知道自己在别人眼里是什么样子,即使成人后我也总有疑问。我刚进入NHK的那段时间,经常到剧作家三好十郎的家里朗读广播剧的剧本,这已经成为一种惯例。三好老师有一个女儿,因为当时发生了一些事情,她变得不愿出门也不愿见人,精神不太好。有一天,我到老师家拜访时,去他女儿的房间看了她,精神饱满地聊了一会儿天。后来,在拜读三好老师女儿的文章时,我发现有这样的描写:"拉门打开了,她说着'哎呀,小姐在吗?哈哈,我叫黑柳彻子'走了进来。'啪'的一下,一切都明亮起来,就好像置身一望无际的花海。一定是父亲为了让我恢复精神,特意叫黑柳小姐来的。"其实,经常拜访三好老师的这段时间里,我正过着惨淡的生活。在NHK，我总是挨骂："你的个性太麻烦了，收敛点！"还常被前辈们说："你的日语发音好奇怪！"每天都在说教中度过。每次去三好老师家，也都是和训我的前辈一起去的，我好忧伤啊。尽管我以为自己看上去是忧伤的，但在三好老师的女儿眼里却不是这样。

能被周围的人记住，是一件十分值得庆幸的事。演员尤尔·伯连纳是我的朋友，主演过电影和百老汇两个版本的《国王与我》。我曾经问他："你小时候是个怎样的孩子？"他说："我从十岁开始就和孤儿一样，也没看过小时候的照片，更没有可以说话的父母亲人。"原来是这样。我呢，小时候是个怎样的孩子，所有故事都是听母亲和周围的人说的。包括转学到巴学园还有最初退学的理由，如果不是后来听母亲说起，我完全不知道。这样想想，我们的人生，其实都是一点一点由周围的人建造起来的。

防空洞和蛤蟆

我的人生处处是失败,就像一场喜剧。但我还是喜欢喜剧,也许是因为我内心的某个地方一直希望给观众带去更多能量。要说人生中苦与乐哪个更多,当然还是苦痛和悲伤更多吧,但至少要让观众在看我的喜剧时,能在笑声中完全忘记忧伤。

战争中没有欢笑,只是考虑今天有什么可吃的就已经绞尽脑汁了。因为父亲养了兰花,我家的庭院里有一个大大的温室。我们在温室里挖了很深的防空洞,只要防空警报响起,大家就跑到那里避难。我的母亲是个有趣的人,要是在防空洞里发现蛤蟆,就会徒手抓住,放到父亲身上。防空警报拉响,人们就必须按指令进入防空洞。但比起空袭,父亲更害怕蛤蟆,多少次想从里头跑出去,我们都小声地笑起来。父亲离家以后，可以放蛤蟆的人没有了，母亲一定很寂寞吧。

这和人生没什么关系！

在当下不景气的世道里，很多人觉得在《彻子的房间》里听听孩子们讲故事，可以获得向前看、好好生活下去的力量。"前田兄弟"作为漫才①二人组来节目做客时，小学三年级的弟弟说起学校里的事情："如果同桌坐了喜欢的小伙伴，就会觉得课桌特别短。如果坐了不喜欢的，会觉得连课桌都变长了。"我问他："那是不是觉得自己的运气好差呀，连人生都变得讨厌起来了？"去厕所的时候，如果自己面前的门一直不开，隔间却有人进进出出，我们大人就会把这和人生联系到一起，觉得"为什么我的运气这么差"。但是弟弟却说了这样的话："这

---

① 日本的一种曲艺形式，类似中国的相声。

和人生没什么关系!"真是通透的声音!不管是坏事还是好事,孩子们也都会有自己的感受,但他们不会像大人这样被牵着走,而是不管什么时候都向前看,相信有一天好事一定会来临。

还有一位小朋友也来过《彻子的房间》,他就是大河剧《天地人》里很受欢迎的童星加藤清史郎。那时小学二年级的他成了《彻子的房间》节目史上最小的嘉宾。他虽然也是个伶牙俐齿的小朋友,但不像说漫才的前田兄弟那么爱聊天。访谈中我问他:"能不能来一段《天地人》里的台词'我从没想过来这种地方'?"我只是随口一提,可过了差不多两秒,他马上用饱满的情绪演绎起来:"我,从没想过来这种地方啊。"我的眼前仿佛出现了剧中的画面。我为作为采访者却这样随便地提出请求道了歉。加藤小朋友还曾在NHK《大家来唱歌》的节目里唱过"人生就像鲣鱼干哟"。问到这件事时,他说:"那时我是以猫的心情来演唱的。"真是天才!我非常吃惊。

有好奇心的驱使，真是太棒了！

最近，我有机会看了一部一直特别感兴趣的影片。一九四六年，一对外国夫妇带着八毫米胶片摄影机来到日本，拍摄了很多风景影像。在珍贵的彩色影片中，最有意思的要数麦克阿瑟出现在日比谷的片段了。路上人山人海，你们猜大家聚在这里干什么？麦克阿瑟外出吃午饭时要在GHQ[①]大厦前乘车，人们为了在短暂的六秒钟里目睹他的真容，每天都会聚集在这里。在这之前，日本人谈起美国时总说"魔鬼美英"，虽然美国曾向日本投下原子弹，但此一时，彼一时。据说演员森光子也曾在那

[①] General Head Quarters 的简称。在日本，特指第二次世界大战后接管日本的盟军最高司令官总司令部。麦克阿瑟（1880—1964）是首任最高司令官。本部在日比谷大街的第一生命馆。

里等着看麦克阿瑟。没有什么是可以战胜好奇心的。大正时代，爱因斯坦在庆应大学演讲时也是一样，五百人的会场聚集了两千位听众。还有穿着围裙的主妇，大家纷纷拍照。我想，她们虽然不懂相对论，但是别人都说这个人的头脑世界第一，他到底长什么样，一定要看看才行。这就是人的有趣之处吧，明明得不到什么好处，但没别的，就是好奇心驱使。这不是很棒的事情吗？

所谓人，如果一直孤零零的，没有人说说话，肯定会走向绝望。感到苦闷时就想出去走一走，到哪儿都可以，只要是有人的地方。我坚持做了三十六年《彻子的房间》的主持人，也是因为有一颗好奇心。为了看我的演出，大家特地跑到银座来。"黑柳彻子会有怎样的表演呢？"大家也都是抱着这样的兴趣前来的吧？我想，没有什么比好奇心更能让人活得生动了。

第二章

我的工作是"传达"

充分发挥自己的个性,就不会被周围的声音影响,也会轻松许多!

不管别人怎么看,不管别人怎么说,只做想做的事情、喜欢的事情。这句话是彻子累倒时,主治医生教给她的"永远不生病的唯一方法"。

"我就是我!"为了能理直气壮地说出这句话,也需要积累一些经验。彻子说:"二十到三十多岁,是为四十岁时确立个性做准备的时期。"

三十八岁赴纽约

最近,我经常听到"阿拉萨""阿拉佛"①之类关于年纪的词语。抗衰老已成为热潮,这是个什么都要以年龄来划分的时代。我四十岁的时候,从没听人说过"黑柳也已经四十了"这样的话。

从三十八岁赴美到四十多岁的这段时间里,我一直被"要这样下去吗?""应该继续工作吗?"等问题困扰着。对很多女性来说,这正是育儿的年龄。但现在回头看看,那是我过得最充实的一段日子。我三十八岁时去了纽约,次年担任新闻节目《13时SHOW》②的主播,成为日本第一位女性新闻主持人。

---

① 日本流行语,分别指三十岁前后和四十岁前后的女性,由英文"around thirty""around forty"音译派生而来。
② 日本NET电视台于1972年开播的午间综合节目。1976年,在此节目的模式基础上,《彻子的房间》诞生。

步入四十岁,《彻子的房间》《The Best 10》开播,快五十岁时我又出版了《窗边的小豆豆》。年轻时,别人一直说我"太过有个性",到了这个年纪,大家终于认可我了。也许就是因为这种个性,我才能那么受欢迎吧。(笑)

我最没能抓住的,反倒是二十五到三十岁这段时间。进入而立之年,我虽然不停地工作,心里却一直在想:必须休息了!于是下定决心去往美国。我在百老汇看到很多失业的人,想到自己仍被人需要着、还有工作,心里十分感恩。

那时,职业女性的处境并不好。即使在我接到《13时SHOW》的工作时,也有不少人说:"新闻节目的女主持人如果没有当家庭主妇的经验,就无法获得主妇们的共鸣。"因此,我对当时的制片人说:"我还是单身,虽然白衬衫配藏蓝色半身裙这样的穿着还算保险,但也难免会有争议。"制片人回答说:"没关系,时代已经变了。"那个时候,也完全没有女性导演,合作伙伴全都是男人。

二十世纪七十年代,不像现在有造型师,《13

时SHOW》的服装必须全部自己准备，真的很不容易。一周要播五天哦！不过，我染东西的本领也因此越来越好。一开始买的白衬衫，穿了一次之后染成粉色，再染成紫色，最后染成黑色。这样就可以穿四次。还有，自己买回欧根纱，"呲呲呲"分段喷上粉色、绿色、紫色等各种颜色的染料，一条围巾就做好了。我不太适合穿一般的洋装，找人做不如自己下功夫来得快。

比起才能，更重要的是历练和勇气

　　我一直自己化妆。去英国的时候，我做过一段时间的洋装模特。如果请有名的造型师来化妆，我觉得那就不是我了。自己的个性还是自己最了解啊。充分发挥个性，就不会被周围的声音影响，也会轻松许多！"我就是我！"衣服已经很合意，妆容也要化自己喜欢的才好。但我明白，想做到这样是需要历练的。二十到三十多岁，是为四十岁时确立个性做准备的时期。

　　磨炼个性时，最大的障碍是虚荣心。抱有野心的不只是男人，再平凡的女人也会有这样那样的想法，比如"希望自己看起来更好""得不到这个真不甘心啊"。要不是虚荣心，不管自己多么不起眼，都可以骄傲地活下去吧？不会和别人比较，可以心安理得地接受自己。此外，没有"希望展示超出自我能力的自己"这样的念头，争斗也会减少，世间会变得更美好许多。但不是说可以不努力！

才能这个东西，每个人多多少少都拥有。明治至大正年间，有一位叫松井须磨子的女演员，是日本最早的一批女演员之一。剧团"俳优座"的创立者、演员青山杉作老师曾和她同台演出。我问青山老师："她是怎样的一个人？"他回答："她总是最早来排练场。不过，如果那时你在的话，你的个性更加独特，一定会成为一名优秀的演员。松井须磨子只是普通人。"我试着查过她的事迹，她非常热爱戏剧。如果不是与众不同，她怎么可能脱颖而出呢？在舞台上，格外讲究历练和勇气。电视和电影只会给镜头里的场景和人物特写，舞台却不一样。你一出场，人们马上就能知道你有没有气场。此外，每时每刻都有人从四面八方看着你，你必须保持镇定。因此，舞台剧演员上了岁数后也可以转型为电视或电影演员。

我在百老汇看到过大批失业者。有时我真的觉得我们是被上天眷顾的人。也许，意识到这个事实本身就是非常重要的事。举一个可能比较极端的例子，在索马里，至今还有一种缝合女性生殖器的仪式。为什么要做这种事？还不是因为男人。他们相信和这样的女性发生关系，会得到更大的快感。这可是没有麻醉的缝合！没有线的话就用植物的藤蔓来代替，而且仪式都是在儿童时期举行的。是不是无法想象有多么恐怖？这样的事情至今还在很多国家理所当然地发生着。

和别人比较是没有意义的，但了解自己所处的境遇有多么幸运，也许可以帮助我们消除虚荣心。活着不容易，但想想"我身处自由的国家""有工作可做、被人需要是多么幸福啊"，那么平凡地活着也不错，不是吗？

与人的相处之道是不怀疑

艺术和知识当然能滋养心灵、让我们的内在更丰富，但更重要的是人。家人、朋友、恋人、工作伙伴都会产生影响。在我看来，想和他人愉快地相处，最重要的是不怀疑。

在日本新剧[①]的发源地筑地小剧场[②]，有一位叫岸辉子的女演员，她也是俳优座的创立者之一。谁都不知道她的确切年龄。俳优座的女演员东山千荣子女士出生于一八九〇年，经历过俄国革命。东山

[①] 20世纪初日本受欧洲文化影响兴起的戏剧形式，诞生于文艺协会、自由剧场等文化团体，以筑地小剧场为阵地。"新剧"一词原本为对抗传统歌舞伎等"旧剧"而生，在经历了20世纪60到70年代的"地下演剧"和"小剧场"风潮后，现特指古典戏剧。

[②] 日本首个表演新剧的常规剧场，由土方与志、小山内薰等戏剧界人士创立。关东大地震（1923年）发生后第二年在筑地建成，曾培养出导演千田是也、演员泷泽修等战前日本戏剧代表人物。

女士好几次推测说:"她大概和我同龄吧?"岸女士是北海道人,有一次俳优座在当地公演,有个老婆婆来看她,喊着"小辉在吗?小辉!",说是她的小学同学。别人告诉岸女士后,她斩钉截铁地说:"不认识!"接着和自己的学生说:"我们出去吃饭吧。"就这样走了。在回来的路上,她和老婆婆遇到了。老婆婆哭着说:"我和你明明关系那么好,你却说不认识我……"

知道岸女士真正的年龄是在新剧女演员们一起去欧洲时。因为是出国,必须要用护照。工作人员发放护照时,大家都很好奇岸女士的年龄,在后面偷偷问:"她到底几岁?"工作人员说:"啊……十九世纪的人。"

那时岸女士已和筑地小剧场的创始人之一结婚,对方十分富有。大家都怀着疑问,岸女士并不是大美人,为什么会嫁入豪门呢?我想,原因就在于她"不怀疑"吧。当时,女演员们在筑地小剧场演出后,都会一起走到新桥再各自回家。途中有茶屋、艺伎屋之类的地方。有一次,我们竟然看到岸女士的丈夫从店里走出来,大家都惊呆了。

目睹这一幕的岸女士却说:"哎,那家伙做出从茶屋出来的样子,故意逗我玩的。"明明怎么看都是真的!可岸女士似乎一点儿也没生疑,或许这就是姻缘的由来吧。人,很难背叛无条件信赖自己的人吧?

我也想借此和女性朋友们说,别随便怀疑丈夫或者男友。要是从他们口袋里发现了可疑店铺的打火机,别太纠结"你去哪儿了""和谁去的"之类的问题。猜疑和嫉妒会让我们变得不漂亮的。不过,虽然我一直尽量不那么做,为什么还单身呢?(笑)

我喜欢的女诗人艾米莉·狄金森在一首诗里写道:

等待一小时,太久——
如果爱,恰巧在那以后
等待一万年,不长——
如果,有爱恰巧作为补偿

信任,不仅能成为自身的力量,也能成为别人的力量。

四十岁时热衷于陶冶身心

二十世纪七十年代，美国女性主义兴起，那时我正好在美国。女性活动家们全力奔走，但许多人也因此看起来不再像是女性了。我感到担心——过了头的话，有一天我们会不会变得像男人？那可能会变成一个不强势就做不成事情的时代吧？日本也有女性社会活动家。市川房枝女士曾说，别人说她讲话时"就像在喷出黄色的火焰"。她晚年经常穿着三宅一生的服装，是个非常时尚的人。她说："我年轻时为了女性可以得到参政权而奋斗。现在，参加选举的女性多了，政治却并没有变好。我在想，自己一直以来做的事难道错了吗？"市川女士看起来好像很失落。

决不干会长皱纹的事，必须穿符合年纪的牌

子……我四十岁左右时，从没在意过这些。要说有什么的话，可能是在精神层面感到比较焦虑吧。想掌握更多知识，想和有知识的人多说说话，诸如此类。那时我热衷于赏画、逛展、读书，以此陶冶身心。

"好想知道这个人的美容方法！"我有这样的想法，是因为女性问题专家石垣绫子。她的皮肤好得不得了，我曾试图打探原因，但她并没有说。后来我终于知道了，石垣女士长期接受针灸。原来如此，针灸可真不错呀——虽然这么想，我却没有亲身体验一下。我想，我还是喜欢做自己做得了的事情。藤原亚纪女士也很漂亮，她曾是资生堂的美容部长，后来成为首位明星议员。她告诉我："化妆品没必要用贵的，最重要的是要把妆卸干净。便宜的卸妆产品也没问题。如果太贵就会省着用，这可不行。"所以，资生堂最便宜的卸妆油我用了五十五年，里头没有添加香料哦。晚上我也只是卸妆，没别的了。

关于美容，如果有觉得不错的方法，不断去尝试也无妨吧？不过，为了优雅地老去，相比于容颜，身体的保养更为重要。比如要在舞台上表演，就得不停地上、下台阶,不是吗?把腰腿锻炼好是最基本的。我每天都坚持散步、做印度深蹲。走三十分钟,大概是三千五百步,昨天我走了八千多步。深蹲则每天睡前做五十次。

比起语言,情感更能表达想法

我所做的事情,舞台上的也好,联合国儿童基金会的也好,贯穿始终的信念是"传达"。

在做《彻子的房间》等与人对话的工作时,我总是注意让自己的表达易于理解。在舞台上更是如此。我还做过这样的发声练习:将一个装满水的杯子放在大约一点五米远的地方,发出"啊——"的声音,让它触达杯子。这还好,难的是让声音绕杯子转一圈。要像在传达爱意一样,想象声音包裹水杯的样子。这非常困难。在舞台上,即使你发出很大的声音,观众如果不知道你在向着谁说话,就无法明白你要表达什么。

"不经意间,时间过得真快!连见个面的空暇都没有了。再见,妈妈的向日葵,还有我的栗子树。再见,我的小镇。所有的一切,都那么让人眷恋……"

这是美国著名戏剧《我们的小镇》改编的电影中,主人公少女艾米丽的一小段独白。快四十岁时,我为了学习戏剧前往纽约留学,师从专业演员玛丽·塔卡伊①。有一天我们在课上学习这段独白,在我朗诵完后,老师说道:"今天我们不念台词,而是用 A、B、C、D 等字母来代替。只有一个要求,就是饱含感情。"这是俄国演员、戏剧家斯坦尼斯拉夫斯基创造的一种表演学习方法。我只用 A、B、C 等来朗诵艾米丽的台词,尽全力地传达出"真正的幸福是什么"这样的感情。让我惊讶的是,结束表演后,在场的人都哭了,老师也是。

"演员固然应该通过台词来表达,但太执着于台词,有时反而无法传递出情感的变化。彻子,只要展现出真情实感,人们就被会感动哦!"老师这样对我说。直到现在,我都清楚地记得这段话。

只要情感表达得当,思想就能传达。由于联合

---

① 玛丽·塔卡伊(1906—1979),彻子出演舞台剧《乱世佳人》时,经朋友乔·雷顿的妻子介绍,决定进入戏剧学校学习。塔卡伊是斯坦尼斯拉夫斯基戏剧系统学习法的严格继承者,彻子是她的第一个亚洲学生。

国儿童基金会的工作，我走遍了世界，与孩子们交流时我感受到了这一点。我大多时候都说日语。有一次，我见到一个得了痢疾的小女孩，由于脱水，她的皮肤像老人一样全是皱褶。我把药递给她，说："不吃药不行哦，会死的……"那孩子望着我，拼命把药喝了下去。鼓舞的话语可以很简短吧？即使是对语言不通的小朋友，只要用心说出来，就能传达"这个人在鼓励我"的意思。

不是自夸啦，我对教育动物也很在行。我曾训过插画家和田诚[①]家的猫，后来那只猫真的变得很有礼貌！它名叫桃代，和漫画家赤冢不二夫[②]家的猫菊千代是亲戚。菊千代因为会举爪做"万岁"而很有名。桃代则是一只一秒钟都安静不下来的猫。它拖着主人的衣服到处跑，在屋里来来回回地溜达，跳

---

① 和田诚（1936—2019），日本导演、插画家、舞台海报设计师。彻子十分崇拜他的才华，两人是至交。和田诚也曾给彻子的《阳光灿烂小豆豆》等书设计书名。
② 赤冢不二夫（1935—2008），日本漫画家，代表作有《天才傻鹏》《阿松》《亚子的秘密》等，被誉为"搞笑漫画之王"。赤冢不二夫与彻子在《漫画海贼竞猜》节目中相识。

来跳去的，片刻都不能清净。我好容易逮住了它，把它放在膝头，捉住了它的两只前爪（桃代伸直后腿，姿势像是被撑开了晾晒的鱼干）。

我盯着它说："我今天去了庙会，看到很多被染成粉色、绿色来卖的小白鼠。比起它们，你在这里被主人宠爱，过着想干什么就干什么的生活，是不是很幸福？不许乱动，好好听着，以后你必须乖乖的！"我正教训得起劲，在场的渥美清[①]先生制止说："别这样，猫会变傻的。"但我没有放弃，继续说教。不知什么时候，被我握着双爪、伸直腿坐着的桃代居然睡着了！

从那以后，我每次去和田诚先生家做客，只要在玄关喊一声"打扰了"，桃代就会藏起来，听不见叫声也看不见影子，真的变成一只讲礼貌的猫咪了。吸取教训了吧！但也许，那时桃代并不是在我膝头睡着了，而是太过害怕晕过去了？真有可能呢。（笑）

[①] 渥美清（1928—1996），日本演员。起初渥美清开玩笑叫彻子"娘们儿"，有些荒唐的用语让她很吃惊。她说："在工作场所，不许说'娘们儿'之类的话，您应该多看看美好的故事。"并送给他一本《小王子》。彻子从渥美清那里学到很多东西，比如专业技能、在演艺界的生存之道。他们互称"哥哥""大小姐"。

小朋友不哭！

乘电车时，常有小朋友哇哇大哭，每到这时我都会直接提醒小孩子。有一次我坐东北新干线去演出，有个年轻妈妈带着宝宝，还有一位像是孩子的奶奶，坐在了我前面的位子上。那个小朋友哭得特别厉害，撕心裂肺的，像是想说些什么。是不是饿了？是不是想换尿不湿？他一定是想传达些什么才这样哭个不停，可那位母亲什么也没做。我想继续看书，但注意力完全被分散了。当她放下孩子去上厕所时，我决定和小朋友聊一聊。

像是奶奶的人坐在靠窗一侧，一直看着窗外。我先和她打招呼："不好意思，我可以和小朋友说几句话吗？"她一点儿也不惊讶，又把目光投向窗外。于是我弯下腰，贴近小朋友的脸蛋，说："哎，打扰啦。"一直在哭闹的小婴儿瞬间停下了，静静地看着我。他只有三四个月大哟。

"你很吵哦，这样好吗？我想看会儿书，但是你一直哭个不停，我什么都看不进去。我知道你还不会说话，你是想换尿布，还是肚子饿了？可得想个办法让妈妈知道，光哭也不行啊。"

小朋友不再哭闹，只是用大眼睛盯着我，吸溜着鼻涕和眼泪。我一边用纸巾给他擦拭，一边想：这么小的孩子也明白别人的责备呢。这时，那位母亲回来了，我就回到了自己的座位。可他又大哭起来，眼泪像决了堤一样。妈妈把他抱起来，他的目光越过她，正好和我的视线碰到一起。他一瞬间又止住了哭声。这孩子大概在想：不得了，是那个可怕的人。也许是我想多了，不过无所谓啦。妈妈给他换了尿不湿，又开始喂奶。小朋友"咕咚咕咚"地吮吸着母乳，不一会儿就睡着了。

我还训过一个小男孩，他大概上小学三年级。那时我在电车上，正想看会儿书，对面靠窗位置的男孩开始对着爸爸大声说话。要是孩子气的提问也挺可爱的,但他只是抱怨个没完,"没有茶吗?""热死了!"之类的。因为太吵闹了,我暗想:看来只好说说他了。这样想着机会就来了。男孩的爸爸起身去了厕所。等他的身影消失在视野里后,我坐到了男孩身旁,开始和他交谈。

"那个,我想和你说几句话。你看,我刚才刚要睡着,可你一直在大声说话,我都没法睡啦。想聊天的话,请小声一点儿吧。有事情是该和爸爸说,但也要控制音量哦,因为这里不是你家,明白了吗?"

男孩歪着脑袋看着我,很勉强地点了点头,说了声"嗯"。我回到自己的位置后,那位父亲也回来坐下了。见小朋友老实了不少,他似乎感到奇怪。

"你怎么了?"他问道。男孩沉默不语。气氛有点尴尬,我便从包里拿出糖果,递给这位父亲。"给孩子吃块糖吧。"男人道了谢,转头把糖果放到孩子手上。"吃吧。"可男孩斩钉截铁地说:"我不要!"这是在尽其所能地向我抗议吧?那位父亲看起来很过意不去。

男孩下车时,他的妈妈、奶奶等许多人都围在站台上，就像在迎接一位王子。在这样的溺爱下，也许从来没有人好好教育过他。但挨了我这么一顿训，以后他再坐电车时，也许会担心有人正注意着他，不再大声说话了吧？

顾名思义,"敬语"是表达敬意的语言

我主张正确地使用日语,尤其是要注意敬语的用法。以前,日语学者大野晋先生曾称赞说:"电视上的这些人里,彻子是敬语用得最到位的。"画家堀文子先生也曾说:"彻子和谁说话都用敬语,我很喜欢这一点。"

敬语,就是向对方表达敬意的语言。我认为言辞里的"敬意",就是要让对方听着舒服。当然,听别人说话时,安静地注视对方、积极回应也能体现敬意,但我觉得最直接的表达方式还是语言。即使是年轻人,掌握正确的敬语也没有什么坏处。无论是外语还是其他语言,道理都是一样的,如果不够了解,就无法好好地使用。

我开始有意识地使用优雅的语言,应该是在香兰女子学校学习的时候。有一次等车时，我言辞粗鲁，学姐提醒我："你在车站使用了失礼的言辞吧？请注意些。身为香兰的学生，不感到难为情吗？"第二天在学校，学姐又把我叫到外面，叮嘱我多加注意。这是香兰的传统，同样出身香兰的记者兼高薰女士也谈吐优雅。那位学姐虽然严厉，但直到现在我都十分感谢她。

不经意间使用敬语，最优雅！

我想，我能正确地使用敬语，是因为认真地听大人说话。我们家很现代化，母亲在回应别人时，一般都说"这样啊"，而不是"您说得是"。但是，在他们那一辈，如果有亲戚来访，大家就会突然用起敬语来，我也会想：哦，原来某某先生或女士比较年长啊。上一辈人即使是夫妻之间，也会很自然地说"您要用餐吗？"这样的话。放在现在，大家就会说："吃饭吗？"

在我交谈过的人当中，谈吐最为优雅的，要数加贺藩藩主的后人、《加贺百万石物语》的作者酒井美意子女士，她就像古时的公主一样。她曾做客《彻子的房间》，十分优雅。乍一听她说话不觉得有什么特别，但她时不时会很自然地插入一些文雅的用语,"烦请……"之类的,真的很迷人。

仔细想来,过去在东京被称为山手的地区,连小孩子也使用优雅的语言。有一回我去那一带的某幢大宅子游玩,看见孩子们在追逐一只小猫。其中一个小女孩说:"兄长,在那儿!请从那儿绕过去追吧!"啊哈,听起来虽然有点烦琐,但想想真是风雅,也挺好的。

因为我习惯对长辈用敬语,在纽约留学时,要直呼戏剧老师的名字"玛丽",我有点抵触。如果可能,我更想称呼她"玛丽女士"。在美国,人们初次见面会说"叫我某某吧",一般都是名字。这种民主让人感觉不到年龄的差异,是很了不起的,可我怎么也无法习惯。

不过,美国也有区分身份立场的称谓,比如"Miss"和"Mr"这样的敬称是不用在自己名字前面的。有一部获过奥斯卡金像奖的电影,叫《为黛西小姐开车》(*Driving Miss Daisy*),美国人听到标题中的"Miss Daisy",很可能会立即想到这是说话人在称呼雇主。我在纽约的寄宿家庭里有位非裔的家政女佣，她每天清晨都会和我打招呼："早上好，彻子小姐。"我有样学样，也称呼女主人罗姆夫人为"弗洛伦斯小姐"。结果，罗姆夫人说："彻子，你最好不要这样叫哦。"不过，这是差不多四十年前的事了，现在情况应该不同了。

当多位尊长齐聚一堂时，使用敬语最难。我曾在横滨"儿童之国"主持过一场结婚纪念活动，皇后、皇太子也出席了，来宾都是大人物。这样的活动是必须说敬语的，真是非常累人。印度总理尼赫鲁的礼物是一头大象，我介绍时一个不留神，敬语没转换过来，说："接下来，大象将莅临现场。"对动物也用了敬语。（笑）

身为媒体人，我希望能准确得当地使用敬语。最近，连播音员都不太习惯用敬语了，真难啊。过去秋筱宫亲王大婚时，女播音员介绍道："两人乘坐的轿车正向这边移驾。"这样一来不是对轿车使用敬语了吗？"王妃帽子上尊贵的丝带正迎风飞舞"，这也是对帽子用敬语呢。要用好敬语可真不容易啊！

决不说"丑八怪"这样的话！

最近年轻人的表达里，有一样我特别希望能改一改，虽然与敬语无关。那就是，年轻人在吃到好吃的东西时会说："糟了！"①这原本是那些从事可怕职业的人遇到危险时说的吧？"老大，这下可糟了！"如果想表达"好吃得不知道该说什么了"，不妨创造一个属于自己的褒义词吧！

我也有过失态的时候。有一次我到外地演出，乘出租车从酒店去剧场时，司机告诉我："剧场挨着赛车场，明天会很混乱哟。"我脱口而出："我去！"第二天，我又搭了这位司机的车，他说："非常感谢您今天继续乘坐我的车。昨天您说了'我去'，

---

① 原文为"ヤバい"（yabai）。

我回家跟母亲讲了,她觉得这真是个不得了的事件!""啊!我竟然那么说了?!"我吓了一跳,怎么也不敢相信。

污秽的语言、破口大骂的行为,这些我原本就不喜欢。长得再丑,我也不会对自己说"啊,丑八怪"。

不过,提到丑八怪,有一件有意思的事。我曾担任新星日本交响乐的理事。那时柏林墙还在,我们去东德演出。某天早上要回柏林时,我的包不知道落在哪儿了。由于我在德累斯顿打过出租车,于是我又叫来了那辆车,向司机询问:"您有看见我的包吗?"司机答道:"丑八怪。"一大早就喊人丑八怪!而且,那么压低了声音说,给人感觉是不一般的丑!"是在说我吗?"我脑中刚蹦出这个念头,就见到司机指着前方。我一看,他指的是停在那里的乐团巴士。我恍然大悟,德语的"巴士"(Bus)和日语的"丑八怪"(busu)发音很相似。我的包应该就在那辆车上。第二天清晨照镜子时,想起司机说的"巴士",我不由得模仿他的口音说了声"丑八怪"。

想学会正确使用敬语？年轻的朋友们可以尝试进行"敬语扮演游戏"。比如，去居酒屋时，可以问："您想喝点什么？"我想，要把语言运用自如的话，敬语是一个重要而有力的工具。

电视会向哪里发展？

短信真是方便啊。我不太用社交软件，也不太上网，但并没有觉得不便。手机短信用起来很简单，对我来说不可或缺。而网络呢，看着网上骂自己的话，会受到打击，对身体也不好，不是吗？所以我不看。我还喜欢电视购物。要是上网去淘好东西，真是会买到停不下来啊。所以，对于新的信息传递工具，我会在不改变自己生活节奏的情况下最低限度地使用。

为什么不是越方便越好呢？这只是我个人的看法。拿3D举例，有一次我去电影院看《爱丽丝梦游仙境》。片尾出字幕时，我闭眼想休息休息，结果一睁眼，就突然看到一只兔子在离我左脸二十厘米左右的地方又蹦又跳，吓了一大跳。那时我感觉就像躺在自己家床上看电影一样，忍不住想：为什么家里会有只兔子？（笑）3D 电影，要的不就是这种东西朝自己飞来的效果吗？像兔子这么有趣还好，但要是什么可怕的东西飞过来，岂不是很吓人？还有，如果看的是让人掉眼泪的片子，银幕上突然蹦出个什么来，感觉也不太好吧。（笑）

电视作为人们获取信息的工具，又会变成什么样子呢？考虑这种问题也许没什么意义，但从全日本只有八百六十六台电视机的那个时代起，我就一直在从事电视工作。在那个人们月薪只有九千日元的时代，一台电视最少也要二十五万日元。我一直清楚地记得美国电视里一位大人物说的话："电视拥有改变世界的力量。它手中握有永久和平之门的钥匙。"我笃信这一点，也因此投身这一领域。

虽说现在看电视的人越来越少了，它仍然还是一种娱乐方式。比如，它帮助了在乡下生活的老人们。我在一九五四年成为 NHK 的专属演员，那时广播是传媒的中心。刚踏入广播界时，我做的是"乌泱乌泱"的工作。所谓乌泱乌泱，就是演绎"大多数人"或"群众"的声音。比如,剧里有谁突然倒下了,就会有"哎呀""怎么回事"这样的嘀咕声。当故事背景从东京的数寄屋桥变为博多、尾道时,口音也必须随之改变。如果用同样的声音来演绎,一下就会被认出来。我总是被提醒要"低沉一些",因为我的声音太过突出了,到头来连乌泱乌泱的角色也常常被撤掉。

日本最初的八百六十六台电视机全都是黑白的。两种颜色对比明显,黑色的线会被横向拉伸。我刚开始做电视主持人的时候,父母会到电视台旁的咖啡店看我的节目。当然,是直播。工作结束后,我去咖啡店找他们,问:"你们觉得怎么样?"母亲说:"很好呢。"她继续说道:"但是,你为什么要戴狐狸面具?""什么?"我有点摸不着头脑。当看了别人在电视里的脸后,我才明白母亲的意思。眉毛、眼睛、嘴唇,还有头发,所有黑色的部分都横向拉伸了,看起来的确就像戴上了狐狸面具。细节部分什么都看不见,只有黑色部分被强调了出来,这和现在的高清电视正好相反。

为了试验变成斑马！

在彩色电视机问世之前，我也曾作为测试人员被派去进行测试。"为了研究彩色电视，我们希望你可以成为试播模特。"NHK研究所的工作人员这样邀请道。一到研究所，我马上就被带进了化妆间。我的右脸被抹上鲜艳的紫色，左脸则全部涂成白色。站在摄像机前，我忧伤地请求道："哪怕是涂成粉色也好啊！"化妆师说："不行哦，因为今天是紫色的日子。"在镜头前，我的脸就好像斑马一样。不过，没有当年的斑马脸，就没有今天色彩自然的电视呢。

电视技术进步显著，从最开始只能直播到出现录播。不过，当时还不能剪辑，一期节目只能从头录到尾。如果收工前出现失误，就必须从头录一遍。

电视刚从黑白变成彩色的时候，对照明的要求非常高。如果光打得不好，画面的颜色就不好看，所以演播室里安满了灯，特别热。热到什么程度呢？能看见屋子里的植物向上冒着水蒸气。我还是第一次看到这种画面！我们拍剧时会吃三明治，工作人员刚说完"大家快吃吧"，面包瞬间就翘了起来。要是把手放在铁壶之类的东西上，感觉简直要被烫伤了。电视出现后的第二十五年，我参加了一期讲述电视历史的特别节目。和最初的照明设备相比，新设备的亮度明明是一样的，但两者的悬殊差别就像水桶和打火机。要是演员的演技也能有这样的变化就好了。

电视的发展中，还有一件让我惊奇的事。拿摆着美食的餐桌举例，在黑白电视里，具体有哪些食物、是什么样子，全都看不清楚。但彩色电视出现后就一目了然了。过去有"若隐若现的衬裙"这一说法，指的是在黑白电视上，即使短裙下的衬裙微露，观众也不知道那是什么。如果是彩电，一下就穿帮了。那时我才明白，色彩真是了不起的东西，在彩电前是无法欺骗观众的。

最近我在电视里看到烟花时总会想：这东西是用火药做的。伊拉克的孩子们正在混有贫铀弹的沙漠里挣扎，一提到火药，他们联想到的大约都是炸弹之类可怕的东西。而同样是火药，烟花却是让人喜悦的东西。我看着电视不禁想，那些在非洲、在伊拉克饱受战火之苦的孩子们要是能看到烟花，该多好啊。可爱和美丽的事物象征着和平。电视，可以让人看到那么多灿烂的人、事、物，也许它真的握有通往永久和平的钥匙。

第三章

有怎样的父母，
就有怎样的孩子？

人生漫漫，只要用心，什么时候都有可能逆袭。

彻子在回忆父母时，不知不觉谈到了男性观和婚姻观。她倾向于和年长的人结婚。她对自己的外貌并不太在意，对年轻也没有执着。这与被她称为"妈妈"的著名演员的建议有关，那就是"任何时候，人生都有可能逆转"。

丘比特是贝多芬？

要说谁是撮合我父母的丘比特，那应该就是贝多芬了。没有他的《第九交响曲》，我可能不会来到这个世界上。为什么这么说呢？我的父母是在音乐会上相识的。在日本，每到年末，音乐会都会演奏《第九交响曲》。当时，父亲是新交响乐团（现在的NHK交响乐团）的首席。那时音乐家都不富裕，年底缺资金时，就会举办《第九交响曲》音乐会。有这支曲子，一定能卖座。为什么呢？因为曲子合唱的部分要拜托音乐学校的学生，他们无偿演唱，父母亲戚还会来观看，一下就能卖出很多票。合唱队的人本来就多，如果他们再帮忙推销，马上就满座了。

父亲担任首席时，母亲是东洋音乐学校（现在的东京音乐大学）的学生。两人相识时，父亲二十二岁，母亲十九岁。那天，在声乐系学习的母亲作为合唱队的一员前往日比谷公会堂。她身穿自己织的绿色毛线外套和裙子，头戴一顶贝雷帽。父亲在人群中一眼就看到了母亲。我想，一定是因为母亲很漂亮，亲手做的衣服又十分相称，显得很出众吧。

父亲对母亲一见钟情，试着邀请她去一家很有情调的咖啡厅："一起喝杯茶吗？"那时母亲住在麹町的叔父家，每天学校家里两点一线，哪儿都没去过。她受到邀请非常开心，一下子就同意了。正是樱桃成熟的季节，咖啡厅里摆满了樱桃。父亲问母亲："您喜欢樱桃吗？"母亲一边答道"最喜欢了"，一边心想：这么好吃的东西，怎么会有人不喜欢。（笑）

吃了很多很多樱桃后，时间已经很晚了。"去我家坐坐吗？"父亲领着母亲去了自己居住的公寓。母亲一看，只有一间房，房里只有床和长椅！她一下就慌了。"我要回家了！"父亲说："已经没有电车了。"真是了不得！母亲转念一想，这里离家真的

很远,自己也没有钱坐出租车,只好留了下来。父亲出门的时候,还把门给锁上了。这可是"监禁"啊。(笑)

因为爱，只是因为爱……

结婚前有花花公子之名的父亲，一生都没有出过轨。他每天离家前总是喋喋不休，迟迟不肯出门，大概是不喜欢和母亲分开。回家的时候又总是跌跌撞撞的，因为想早点见到母亲。他的鞋子总是磨损得很快，这就是证据。是真的！（笑）他要是没在玄关看到母亲，一开口准是："你妈妈呢？"他们俩一起侍弄花草，一起去国外旅行，总之除了工作时间全都待在一块儿。

或许也正因此，父亲去世的时候，母亲赌气说："你老是说'你真漂亮，你真漂亮'来哄我。现在你不在了，我也是个老太婆了！你要是早点走，我明明还有机会再找个好的！"（笑）父亲去世的前一年，她开始写书。父亲去世那年，她七十岁。从那时起，她开始了自己的事业。她一直住在美国,进行各种演讲,直到九十五岁去世。那么黏母亲的父亲,却没有召唤母亲快些去天国陪他,真是不可思议。

母亲总是埋怨父亲离开得太早。不过,在美国,很多女性失去丈夫后,都不知该如何安放悲伤。夫妻的相处之道,美国和日本是不同的。美国人更重视身的相随,比如下班后如果有聚会,丈夫会回家带上妻子一起去。

美国人邀请朋友来家里,吃完饭后男女就会分开,女人们常聚在卧室里聊天。屋里几乎百分之百是双人床。我曾见过六张榻榻米那么大的床。哪怕头发花白了,丈夫也依然将妻子当成女人来对待,说着"我爱你",喊着"亲爱的""小猫咪"。所以,美国女人失去丈夫后,更会感到寂寞。这么想的话,在男人从来不说"我爱你"的日本,女人也许更坚强。

我的男性观

想一想我会被什么样的男性吸引呢？首先浮现在眼前的，是专注于工作的男人。这可能多少是受父亲的影响。一提到自己的工作，也就是和小提琴有关的事，父亲就会变得非常严格。他担任音乐会首席时，乐团的人异口同声地说："好可怕！"明明他在家很温和，和母亲在一起时更是甜言蜜语。但在演奏时，要是有人出错，他就会瞪大眼睛。"大家都抱着'死也要做好'的信念，一遍又一遍地弹奏，你为什么出错？！"父亲曾担任比赛的评委，所以很多孩子都来家里上课。我清楚地记得，有一回下课后，一个小男孩在玄关穿鞋时说："老师，今天天气真好啊！"父亲非常生气。当然，发作是在小男孩回家后。为什么生气呢？他说："那孩子脑袋里想的应该是怎么拉好小提琴，而不是天气。天气好不好有什么关系！"哈，这也太极端了。只要和小提琴有关，父亲马上就会变成魔鬼。

　　父亲年轻时被称为"天才小提琴演奏家"，二十一岁就已成为新交响乐团的首席。和母亲相识前，他特别爱玩。大约是在去青森避难前，我曾见过一张父亲站在众多艺伎当中的照片。长大之后，我问母亲："爸爸是不是有张和好多艺伎在一起的照片？"母亲装糊涂说："啊？有这事？"我想，她一定是把照片扔掉了。

不喜欢锅子的形状!

母亲擅长烹饪,但有些奇怪的是,她对做家常菜毫无兴趣。直到前不久,我都还从没在家里吃过火锅。所以,当朋友和我说"昨天我家吃火锅,太好吃了",我也没有概念。珠绣大师田川启二请我们去他家玩时,我第一次见到火锅,心中暗暗惊叹。我告诉他们:"我是头一回吃火锅!"大家都很惊讶。在锅子里放入蔬菜和鸡肉……真是美味啊。回到家里,我对母亲说:"我们家不吃一次火锅吗?"她答道:"不,因为我不喜欢锅子的形状!"不仅如此,家里连锅都没有,怎么做火锅呢?

我家也从没吃过餐馆里带回来的食物。自打我出生以来,只吃过两次猪排饭。开始工作后,我才知道有这种食物。我回家问母亲:"哎,咱们家不做猪排饭吗？""不是做了牛排吗？好啦好啦。"对话到此结束。父亲很喜欢吃肉，所以家里常做寿喜烧和牛排。

对了，有一次我和歌手冰川清志一起吃猪排饭。我先把蛋液的部分吃完，只剩下猪排，又往上头浇了咸甜的炸猪排酱。我很喜欢这种酱汁。冰川小姐提醒道："黑柳女士，这是猪排饭，请不要加炸猪排酱哦。"（笑）

只有一次，母亲买了锅烧乌冬面给我吃，那时我感冒了，年纪还小。我感动地想，没有比这更好吃的东西了！从那以后，每次上学经过那家面店，我都会探出鼻子，使劲地闻酱汤的味道，就像家里的小狗洛基一样。但不久战争就开始了，我再也没有吃过锅烧乌冬面。后来，我在NHK第一次领到薪水时，毫不犹豫地去吃了锅烧乌冬面，并且连着吃了好多好多天，怎么也吃不腻。直到现在也依然如此。

母亲做的菜里，我最喜欢的是蔬菜天妇罗。我们分开住之后，每次去她那里，她一定会给我备这道菜。她还会用小松菜和肝脏做炖菜，总之非常擅长使用有益健康的食材。母亲去世后,妹妹也给我做过蔬菜天妇罗。不知是牛蒡、胡萝卜的切法不一样,还是因为别的什么,我说:"这和妈妈做的不一样!"妹妹听了好像有些不高兴。但是真的不一样!母亲的味道总是特别的吧。

长寿的人心年轻

现在如果有机会,我还是想结婚的。但我从年轻时起就喜欢比我大些的男性,因为能教给我很多东西。可现在比我还大的人……呃……

日本文学研究者物集高量曾来《彻子的房间》做客。物集先生享年一百零六岁。第一次上节目时,他刚好一百岁,说:"妻子过世了,我现在单身。"后来又来做嘉宾时说:"最近我说我是个一百岁的单身汉,有个八十岁的婆婆告诉我'咱们俩结婚也不错'。虽然比我年轻二十岁,但我拒绝了!"他大笑起来,又说,结婚对象四十多岁算合适,二十多岁最好。那时我正好四十多岁,他好像在说我。物集先生后来又多次做客《彻子的房间》。我想,长寿的人不管到了多大年纪,心都还是年轻的。(笑)

年轻时我有个奇怪的爱好,特别喜欢男性的袖口。当浆得挺括的白衬衫的袖口从西装里露出来时,我就会觉得"啊,真不错"。我还喜欢手。我觉得手能反映出人的性格。只看手,就能感受到那个人是知性的,还是有野性的气息,不是吗?

从外表来说,过去我很憧憬电影《乱世佳人》里克拉克·盖博那样的人。但是,随着年龄增长,我明白了一件事。那些看起来很有男子气概的人,实际上往往有些小心翼翼。体格健壮、让人觉得可靠的人,内心反而可能出乎意料地纤细脆弱。我想,即使和克拉克·盖博在一起,也不见得他会包容一切。当然,肯定也有表里如一的人。但经过多年观察,从数据上来说,我觉得外在和内在有差距的人更多。

不能让容颜变好是一种罪过

没有交往,仅凭表面是无法了解一个人的。年轻的时候,人们总是很在意外貌,但从整个人生来看,我有时觉得外表不那么出众的人反而更有优势。这一点对女性也适用。比如,刚进公司时,漂亮的人可能会受到追捧,而外表不那么出众的人则可能被随意对待,对吧?然而,这也可能激发斗志,让人想要自己开辟道路。美貌的人容易被娇惯而安于现状,虽然当时不错,但成长可能会受限。我想,无论男女,到了一定年龄,都必然会迎来凭内在取胜的时刻。那个时候,就是外表不那么出众的人的机会。

我很敬重演员泽村贞子[①]女士，一直喊她"妈妈"。她还在世时，有一次去参加女子大学的同学会，见到了五十年没见的老同学。回去后她很激动地说："人，能走过五十年真是了不起啊。不管过去多漂亮的人，现在也都不再美丽了。现在美丽的，是还投身事业的人，是丈夫过世了还向前看、好好生活着的人。"森欧外说："四十岁以后不能让自己的容颜变好，是一种罪过。"意思也是人在过了某个年龄之后，外貌是可以通过努力来改变的。年轻时觉得因外貌吃亏的人，可以努力追求七十岁、八十岁的美丽。这不仅仅是指皮肤的保养，还要积极地凭借自己的力量开创人生。重要的是，等到了七八十岁的时候，可以自豪地说："不管怎样，我都凭自己的努力一路走到了今天。"虽然需要时间，但

[①] 泽村贞子（1908—1996），彻子敬慕的"演艺界的母亲"。彻子喊她"妈妈"，她则总是叫彻子的昵称"Chuck"。泽村贞子是一位知性的女演员，即使在片场也会阅读报刊书籍。彻子曾说："关于演艺界的一切，都是妈妈教给我的。"泽村的父亲是狂言作家，兄弟都是演员；作为家中次女，她在日本女子大学读书时加入了新筑地剧团。她作为一名黄金配角活跃于演艺界，参演了100余部电影。她晚年开始写作，1996年逝世，享年87岁。

请相信——"看好啦,人生漫漫,只要用心,什么时候都有可能逆袭哦,哈哈哈。"不过,如果那些天生美丽的人提前意识到这点就麻烦了呢。

相扑选手的嗓音是不是都很温柔?如此庞大的身体,却有这样的声音,我想真是老天的安排。身材魁梧的人说话犹如天使或耳语,肯定会十分引人注目。而大块头配上大嗓门,就会让人害怕。还有,大家都知道,熊猫宝宝生下来时只有一百多克的鳕鱼子那么重,明明好小一只,"嘤嘤嘤"叫起来时声音却特别大。因为它们从小就要让妈妈清楚地知道自己的存在。

夫妻间最重要的是交流

我曾考虑过跨国婚姻，只因为听过那句话：只要有爱，语言不通也无妨。但是，伴侣之间要想顺利地生活下去，我想最重要的还是交流。我负责的聋哑人剧团里，大家虽然无法说话，但也会用手语来表达所思所想。不管用什么样的方式，交流是人类的本能。想维持安定的婚姻生活，不了解对方是不行的。付出努力，才能建立起良好的关系。说起来，不管是工作、美容还是结婚，做任何事都是如此。自己不动起来是不行的。啊，我一个没结婚的人说这样的话，没什么说服力吧。（笑）

最近有人问我："遇到百年不遇的萧条时，要怎么做才能渡过难关？"我答道："只要健健康康、精神饱满，怎么都能渡过。"我们为老后的生活着想要存钱，但存了就不会遇到意料之外的事吗？所以我想，比起存钱，每天都精神饱满、乐观生活，做深蹲、慢跑、做瘦脸按摩，为健康储值才更有用。人，就是每时每刻都要用力地活着。

前几天，作家养老孟司在电视里这样说：比起打电脑游戏，捞金鱼更能让大脑一直高效工作。不要做既定的事情，要做不可预测的事情。这一点和保持年轻密切相关。

我一直挑战各种事物。比如，在某档综艺节目的"无用 Best 10"环节，我尝试了水中瑜伽。我像包裹一样浮在水上，别人都做不到。没什么比这更无用的事了。虽然如此，当挑战一件事并成功时，人总是会有所发现，会获得自信，大脑应该也会变得更活跃。啊，说着男性观，怎么跑题到这里来了。（笑）不好意思啦。

关于婚活（？）的回忆

我是直到最近才知道"婚活"这个词，总觉得听起来像是什么油炸食品。[1] 这么一想，是不是还应该有"离婚活动"的简称"离活"之类的呢？不过，要把找对象的行为称为"活动"吗？

我对日本的现状不太清楚。不过，我想到有部叫《女人帮》的美剧，讲的是四位女主人公在打拼事业的同时也希望收获爱情的故事，像是《欲望都市》的续篇。美国算是世界上最先进的国家了吧，看了那部剧，我感到即使在美国，要兼顾事业和家庭也是非常困难的。事业一帆风顺，孩子茁壮成长，夫妻恩爱……这样的人生想来是百分之百的幸福了。

---

[1] 婚活，"结婚活动"的简称，指一切以寻找结婚对象为目标的活动。读作"konkatsu"，与"炸猪排"（tonkatsu）谐音。

但世界是个不可思议的存在,作为自然的一部分,我想我们是没法获得这份百分之百的。我不知道到底是谁在支配着这一切,但事实就是如此。所以,还是不要渴求事事都尽善尽美比较好。

我人生中第一个想要结婚的对象是位脑外科医生,是通过朋友介绍认识的。他是长子,一家都是男孩,所以非常希望能有个女孩,特别是他母亲,她说:"要是你能嫁过来,我做什么都心甘情愿。"但老实说,我更欣赏的是他父亲,是位了不起的老先生,这也是我产生"可以结婚吧"这个念头的原因之一。对象自身条件也没什么问题,是个很好的人,所以我们已经到了谈婚论嫁的地步。母亲非常高兴,还为我做了四件大衣,说等我出嫁后就没有机会了。其中有一件淡粉色的,领口还镶了毛皮,我特别喜欢,每天都穿。

保留到最后的粉色大衣

就在快要订婚的时候，正好有位离过婚的作曲家来我工作的地方。我向她咨询："我在考虑结婚的事，想请您给些建议……"她答道："结了婚，两个人就要一直生活在一起。如果对方身上有让你感到无法接受的东西，还是不要结婚比较好。"

哎，这样啊！我开始认真思考这个问题。本来没有注意过对方的走路姿势，现在也开始在意了。还有一个一直萦绕在我心头的问题：有人说相亲结婚后再培养感情就好，但如果在婚礼结束、走出礼堂时，遇到让我产生"啊，我想和这个人结婚！"的感觉的人，那该怎么办呢？

就这样，我和母亲说："我不想结婚了。"母亲淡淡地说："这样啊，也挺好。"媒人说："这可不行，身为母亲还是得坚持一下……"但她最终还是推掉了婚事。后来，每当我穿上那件粉色大衣时，母亲都会说："啊，结婚骗子！"

在谈了很多次恋爱后，我也遇到了想要结婚的人。但对方说："婚姻生活一定不会太有趣吧。'饭还没做好……'想到你这样在家等着我，我心里就很不安。更重要的是，你还不知道自己的才能是什么，应该要多尝试才好。"也曾有外国人向我求婚，可我一想到"结婚后该住在哪儿呢"，事情又变得很棘手。如果分开生活，只是偶尔见一面，就没有结婚的必要了吧？

交谈的是恋人，沉默的是夫妻

过去女性结婚后就不再工作是理所当然的事，现在则不然，丈夫们也会希望妻子能进入职场。这是个好时代。我想今后社会将越来越复杂，但即便一个人生活，心中若没有爱的人和事物，也还是会寂寞吧。从这个意义来说，人还是需要有什么陪伴左右的。理想的夫妻关系，是结婚后也可以一直像朋友一样。但人是奇怪的生物，刚恋爱时哪怕只是见一面都高兴得不行，可一旦结婚，这种喜悦就会渐渐消失。是变得自私了吗，还是习惯了？真可惜啊。我想，能始终为对方着想，爱就能持续。父亲在世时，他和母亲一直都像恋人一样亲密无间。

有一次我去轻井泽，在黄昏时分见到一对一边聊天一边散步的夫妻，真是让人羡慕。在奥黛丽·赫本主演的电影《丽人行》中,有场在餐馆里分辨两人是不是情侣的戏,台词是这么说的:交谈的是恋人,沉默的是夫妻。将来我也许还是会结婚。(笑)希望到了那个时候,不管多大年纪,我和丈夫永远有说不完的话。

第四章

舞台是一生的事业

只要拥有克服困难向前走的心,不管发生什么都能活下去。

二〇〇九年被称为百年不遇的萧条时期。这一年,在"海外喜剧系列"的舞台上,彻子出演了《卧室狂想曲》。这是一部讲述夫妻如何在无性婚姻中努力的喜剧,却让人感受到"无论发生什么也决不放弃"。从电视直播的时代起,彻子就擅长应对种种挑战。

义经咬弁庆！

"一百岁了我也要站在舞台上。"能说出这种话的我，其实小时候并不擅长当众发言。你们可能不信，只是站在五厘米高的地方背诵童谣《故乡》，我都发不出声，只能吞吞吐吐："故……故……"不过，有一回学校排练戏剧，是义经和弁庆的故事，因为我很可爱，就让我演了主角义经。（笑）歌舞伎剧目《劝进帐》中，有个弁庆在安宅之关用金刚杖鞭挞义经的著名片段，对吧？义经和弁庆打扮成僧人，想要通过安宅之关。守关的富樫怀疑他们的身份，为了证实，故意让弁庆鞭挞义经。看到弁庆真的打了义经后，富樫放下疑虑，让他们二人通关了。可我完全不明白这些，扮演弁庆的小朋友假装要打我，我就一口咬住了她的脚。这样一来，故事就演不成了,校长先生说:"你别演义经了,演个僧人吧。"于是我从主角变成了配角,是五个僧人中的一个。扮演僧人好无聊啊,有人说"今天山上天气甚好",我就要跟着登山,没有别的可做了。于是我开始比画金刚杖,结果校长先生说:"好了,僧人你也不用演了。"大概是在六岁上小学前,在主日学校的演出里,我也曾被撤掉耶稣的角色。那场戏中,在天使的引导下,三名博士来到耶稣降生的马厩,送给他三件礼物。我演的是被玛利亚抱在怀里的耶稣,还有一个演羊羔的小朋友。因为百无聊赖,我又开始多管闲事了。我把纸递到那个小朋友面前,说:"你是羊,吃掉这个吧。"牧师告诉我:"耶稣是不会这么做的。"于是,我被撤掉了耶稣的角色,扮演一只羊。这样一来我才意识到,之前的角色其实也没那么无聊,至少还能看见博士的脸。没办法,我只好去挠耶稣的脚丫,说:"给我纸吧,我是小羊,我要吃纸!"但那个小朋友一直老实地演着戏,我挠了三回也不搭理我。最后,我连羊也演不成了。

一点儿都不紧张

不擅长登台,又总是被撤换角色的我,在进入NHK、第一次拿到演出报酬后,忽然不再在人前紧张了,真是不可思议。这不光是一年学习培训的成果,也是使命感使然。站在镜头前和舞台上,我特别开心,发自心底觉得"我喜欢做这件事"。

据说,有个情景一定会在舞台演员的梦中出现,那就是大幕拉开,自己突然忘记所有台词,脑中一片空白,只能恐惧地站在原地。大家都说舞台演员经常会做这种梦,但我一次都没有过。也许是我太迟钝了。可就在我要把这事忘了时,我真的做梦了!演出在即,我却发现台本上什么都没有写。啊,我终于也做了这样的梦!不过,梦中的我站在舞台上,说:"今天没有台本,那就讲点不一样的吧。"

醒来后我想：也没什么嘛，我一点儿都不紧张。说起来，我这辈子好像只做过九次梦。（笑）

我的舞台生涯没有什么波澜，突然忘词、念错台词、假发掉下来什么的，一次都没有过。但不知为什么，日常生活中我却失误连连。

连乘电车也是这样。有一次我在新大阪站坐新干线，看到上一班车还没开走，便对经纪人和助手说："就坐这趟吧。"我还没找着车门，站台上就响起了铃声。四下一看，我发现了一扇很小的门。用手一推，门竟然开了，我就这么上了车。车厢里放着包裹之类的东西。列车开动了，门却一直关不上，没有办法，我只好和经过的乘务员说："您可以帮我把门关上吗？"他吓了一跳，说："这是运送行李货物的门！我当了这么久乘务员，还是头一次见到有人从这里上车！"还有一次我搭乘地方列车，快到站时突然很想上厕所，于是问乘务员："我可以去一下洗手间吗？"得到肯定的回答后，我就方便完了才下了车。当时车上还有和我一起演出的人，因为丢了东西，他一路坐到了终点站。当他走进乘务室时，发现黑板上赫然写着：

×号列车延误1分钟

黑柳彻子女士上洗手间

实现了五十年的约定

二〇一〇年十月八日,"海外喜剧系列"[①]再度开幕。剧目是《三十三首变奏曲》,是一部探索贝多芬创作之谜、展现深刻人性的作品。乐谱出版商迪亚贝利曾委托晚年的贝多芬,以自己的华尔兹为基础创作变奏曲。虽然只需要一首,贝多芬却完成了三十三首。原本的曲子在贝多芬看来平庸得像块破布,但迪亚贝利却向舒伯特、李斯特等五十位作曲家提出了同样的委托,并打算将这些作品汇编出版。起初贝多芬的秘书辛德勒写信回绝了这一请求,但贝多芬却突然开始创作,最终完成了三十三首。这些作品是他

[①] 由日本剧作家、导演饭泽匡发起的戏剧活动,每年秋季译介外国喜剧。从1989年至2018年,黑柳彻子长期担任女主角,30年间共出演了32部作品。

晚年钢琴曲的代表作，获得了很高的评价。

我在剧中饰演凯瑟琳，一位罹患渐冻症的音乐理论家。为了弄明白贝多芬为什么创作三十三首变奏曲，她特意跑到德国波恩，从乐谱手稿入手寻找答案。顺便说一下，仅在波恩一地，贝多芬就搬了四五十次家，还留下了"搬家地图"之类的文献资料。扮演贝多芬的江守彻先生是近五十年前我在文学座[①]戏剧研究所的同学。那时他才十八岁，我们常说："将来有机会，一定要一起演部戏。"等我们终于同台，已经过去快五十年了。

凯瑟琳是个理性而又刻薄的人，但也很风趣。她有一个女儿，可母女关系不太好。贝多芬也是如此，总喜欢把情绪发泄到别人身上。就像大家所知的那样，他的听力越来越差，不仅如此，还有很大的杂音出现在他耳中。两人身处不同的时代，一样罹患疾病，却仍为工作投入满腔热情。凯瑟琳的身

[①] 日本知名剧团，以弘扬新剧、艺术至上为宗旨。1961年，为了更系统地学习表演、提升演技，黑柳彻子进入文学座附属戏剧研究所。

体日益不受控制,在这种痛苦中,她慢慢明白了贝多芬创作三十三首变奏曲的缘由。

现代的纽约、德国波恩,还有贝多芬生活的十九世纪的维也纳,故事舞台在三地交替切换。《三十三首变奏曲》在二〇〇八年成为话题,因为这是简·方达时隔四十六年回归百老汇之作。母亲与女儿、作曲家与秘书、患者与护士、作曲家与乐谱出版商……剧作描写了复杂多样的人际关系,也探讨了理解、宽恕和爱是多么不易的事,很有启发性。这也是该剧的一大看点。

舞台上还映出了贝多芬亲笔写就的乐谱,让人可以感受到他彼时的情感,澎湃得令人惊叹,给人一种坚韧有力的感觉。不久前,我偶然有机会看到了肖邦写的乐谱,笔画纤细,注释也很少,十分整洁。

卧室狂想曲

"海外喜剧系列"以女性为主角,导演高桥昌也每年在选剧时都要费一番脑筋。男性主演的外国作品,哪怕是双男主剧作,都不算鲜见。但是,以个性鲜明的女性为主角且评价良好的喜剧,却并不容易找到。二〇〇九年被称为百年不遇的萧条时期,大家都被阴郁的气氛笼罩,让人心情烦闷的作品更是卖不出票房。那么,来点让人发笑的东西吧!于是高桥先生找到了这部《卧室狂想曲》。男主角是一名性功能低下的丈夫,女主角则是欲求不满的妻子,两人实行奇特的治疗方法,把周围的人都卷了进来。

或许是因为剧名里带有"卧室"这个词,男性观众特别多。我既开心又有点吃惊。我想观众们看了演出后,会有很多感同身受的地方,想法也会发生变化吧。比如，过去总是背对着妻子睡觉的人，也许会对她说："一直以来，是我没有好好考虑你的感受。"这或许会成为两人交流的契机。

故事设定在纽约。一对居住在曼哈顿、没有性生活的夫妻想要治疗。团时朗饰演的丈夫由于长期高负荷工作，性功能出现了问题，如果受到不合常理的刺激，也许可以恢复过来。因此，所谓治疗，就是丈夫身穿女装躲在衣橱里，从门缝偷看妻子遇袭。我扮演的正是妻子格里芬，石田太郎则饰演身强力壮的公寓管理员，也就是袭击者。田山凉成饰演一个小偷，以为家里没人，就钻进了放皮草的衣橱，结果目睹了奇怪的治疗过程。此间他又和立石凉子饰演的格里芬的姐姐纠缠在一起。故事就这样朝着荒诞的方向展开了。

演员里最小的是……

这部剧十分考验演员的体力。那边啊啊地大喊完,这边马上又要哈哈大笑,横膈膜都要撕裂了。五位演员当中,扮演小偷的田山先生最年轻,但也是快六十岁的人了。某天排练时,他突然高兴地说:"知道吗?咱们当中我年龄最小!别看我头发都这样了,我可是最年轻的!"石田先生有慢跑的戏份,我在后半段则有很多高声喝令的台词……我们这个平均年龄超六十岁的剧团,也必须像梦之游眠社[①]那样表演,否则这出戏就不成立了。

担纲姐姐一角的立石女士也比我年轻。她扮演

[①] 1976年成立,是小剧场运动中的第三代代表剧团之一。剧团以东大戏剧研究会的野田秀树为核心,特点是注重多个故事交错在一起的层次感,台词诙谐,还有大量的肢体动作,当时在年轻人中很有人气。直至1992年解散,剧团观众总人数超过80万人。

的是一个肥胖的中年女子。当她抬起手时，裙子下面的蕾丝衬裙就会露出来，所以她时不时会做轻拉裙摆、整理着装的动作。一个人的性格常常体现在这些细微之处——这是一位端庄的夫人。立石女士演技精湛，每次看她表演我都这么想。

《卧室狂想曲》这部喜剧在全球十二个城市上演，每一场作者约翰·托拜亚斯都去看了。在波兰的华沙，它连续公演超两年，创下纪录，而这个纪录还在刷新。我们公演前曾收到约翰·托拜亚斯的邮件，他建议道："表现性感是没有问题的，但还是希望尽可能展现出优雅。"公演首日，他特意从纽约自费来观看。结束后他说："在我看的这么多演出中，黑柳女士饰演的格里芬夫人是最优雅迷人的。"格里芬对夫妻生活不满，为了丈夫而引诱其他男人，这个角色可以被诠释得十分性感，肯定也有出色的演员做到过。但是，我总是尽量忠实于剧本，因此得到认可很开心。总之，我认为这是一个上流社会太太的角色。

一不小心,私人小聚被狗仔偷拍了?

对了,我们排练期间还闹出了绯闻。排练场位于下町,附近有一家很实惠的居酒屋,团时朗先生他们有时会去那里喝上一杯。我不喝酒,但有一次他们带我去店里吃饭。一份烤秋刀鱼才三百八十日元,我点餐时想一定是非常瘦小的一条,结果肥美极了,很好吃。田山先生说:"因为黑柳女士在,端上来的鱼都比平时肥呢。"

居酒屋里有个九十一岁的老人家,他说自己见过毛泽东和蒋介石,又说:"请让我拍张照片吧。"我们同意了。后来,女性周刊得到了团先生和两人在居酒屋密会的消息,也许就是这位老爷子或其他人提供的。当时明明田山先生也在,但刊登的照片上他被剪掉了。(笑)团先生演过奥特曼,所以绯闻

的标题好像是《奥特曼的密会》。其实,在居酒屋约会也不错嘛。(笑)

因为《卧室狂想曲》这部舞台剧,我意识到美国人遇事不会轻易放弃。在日本,夫妻俩如果没有性生活,可能会想"实在太忙了,这也是没办法的事",就这么算了,对吧?而美国人家里几乎都是双人床,夫妻睡在一起是理所当然的。我在纽约生活的那一年,不管去谁家,看到的都是夫妻共用一个卧室。"每天晚上回到家就很累了,我想分房睡。"丈夫这么说是非常严重的事。我有个朋友就是这样,他和妻子说想去别的房间睡,两人就走上了离婚之路。

将表演进行到底

无论发生什么都必须演下去，我想这就是舞台的有趣和困难之处。我也有过很长的电视直播的经历。在综艺节目上我曾被问到："在直播电视剧中，遇到过哪些难题？"我讲了这么一件事。在拍摄某部警匪片时，原本有段刑警逮捕完犯人后回家的戏。可在拍摄现场，手铐的钥匙找不到了。由于打不开手铐，犯人只好跟着刑警回了家。犯人匍匐着钻到矮桌下面时，小演员很惊讶地喊道："这人是谁啊？"场面一度非常混乱。但就是在那时，我学到了"无论发生什么都要克服"的精神。

今天我们身处严峻的时代，但我想，只要像《卧室狂想曲》里的夫妻那样不放弃，像直播时代的演员那样不顾一切地演下去，无论遇到什么，都能好好活下去。

虽然世间更多的是悲伤和苦痛,但至少在观看喜剧的时间里,人们可以舒展眉头,忘却不快。我想,这就是喜剧最有魅力的地方。

在决定出演前,我当然首先会通读剧本,这样就能立刻判断出作品是否会受欢迎。一旦认定"这个剧本写得真好",开始排练后就决不喊无聊,会为了顺利演出而努力。担任主角时,我也不只是读自己出场的部分,而是通读整个本子。我会思索在实际的舞台上,剧本里的各个角色将如何立体地展现出来,这样一来,就能大致想象出作品最终的效果了。

发现！声带也会长皱纹

看完剧本并决定参演后，不管演的是不是生活在现实中的人物，我都会仔仔细细地研究角色，让自己更好地融入其中。背台词则是这之后的事。在排练时，我常常被提醒："该记台词了。"可是，演员在舞台上呈现的只是人物的冰山一角。对于角色漫长的一生来说，两个小时的演绎是非常有限的。也正因此，才更需要将水下数倍的冰进行浓缩，把隐蔽的人生尽可能地呈现出来。

比如，"海外喜剧系列"里有一部叫《丈量幸福》的作品。我在其中出演一位九十二岁、患有阿尔茨海默病的老人。九十二岁的老婆婆会怎样说话呢？行动上应该也非常不便吧？在琢磨这个角色时，我首先想到了这些。

看电视时，我偶然在一个新闻节目上看到许多老人。其中有个老婆婆声调略高、嗓音沙哑地说："我——啊——"我突然意识到，原来不光是身体和脸，声带也会长皱纹啊！就这样，我开始研究怎么在舞台上用"皱巴巴"的声音说话。

快点变成老婆婆吧!

有一位观众说,我登场时大家会想"啊,是黑柳彻子",但随着剧情展开,他们就仿佛真的看到了剧中的那个人。舞台真是个神奇的地方。一九九七年,我在《狮子之后》中饰演莎拉·伯恩哈特。莎拉·伯恩哈特是一位伟大的女演员,她去世时法国甚至为她举行了国葬。晚年她由于受伤,右腿截肢,但她用假肢继续着演艺事业。《狮子之后》就是关于她的传记作品。帷幕拉开时,有这样一段台词:"请动手切掉它吧!没关系,就从膝盖开始!"这是莎拉·伯恩哈特对军医说的,我发现自己每次说这句台词时,声音总是很嘶哑。起初我以为是在白天公演的缘故,可到了第二场晚上的表演开幕时,依然如此。听说人在最痛的时候,声音会嘶哑。我并不觉得自己能演得那么到位,但无论演多少次,声音还是会嘶哑到让大家笑言"简直像是神助",因为在演完截肢的戏后,我的声音就会恢复正常。

若要演一个人的人生,我认为最好是选择一个自己能够共鸣的角色。迄今我还没有演过无法共鸣的人物,而且我觉得那一定很难。不过,如果是配角就可以,因为有趣。

我为什么执着于译作呢?在我看来,即使是量身打造的原创剧本,也可能会有让演员感到困惑或意外的地方,不是吗?还有,剧本可能会在最后一刻才完成,这样就没时间去琢磨了……我倾向于多做准备,不喜欢匆匆忙忙的。导演、剧作家饭泽匡[1]

---

[1] 饭泽匡(1909—1994),日本剧作家、导演。他是彻子得以在广播界坚持下去的关键人物。作为广播剧《阿杨、阿宁、阿东》的作者,他曾负责选拔能够同时用大人、孩子的声音说话的演员。彻子参加了这次选拔,此前她常被批评"太过有个性",但饭泽匡对她说:"千万别改,保持现在的样子就好。这就是你的个性,也是我们需要的。"他还曾任朝日新闻社《朝日画报》主编,最早公布了原子弹爆炸惨状的照片。1954年《阿杨、阿宁、阿东》播出后,他专注于剧本创作,以讽刺喜剧而闻名。彻子说:"我一直对他的美学意识、文明批判精神和文学素养感到钦佩。初次见面时,他才40岁出头,却无所不知。他到底是怎么学习的呢?"

先生曾对我说："你可能演外国剧更好。比起日本，外国戏剧中的女性角色更加多元。"对了，好友向田邦子也曾说："我的作品里，没有像你这样的人哦，比如寺内贯太郎。等你老了，我想写一出戏，里面有一个在日本看不到的老太太，所以你快点变成老婆婆吧！"可是，她已经不在了，即使我变成老婆婆，也没什么意思了。[1]

---

[1] 向田邦子（1929—1981），日本编剧、散文家、小说家。1958年开始剧本创作，到去世的20年间共完成一千多部作品，还曾是森繁久弥的广播剧编剧。代表作有《这就是时间》《寺内贯太郎一家》《宛如阿修罗》《阿吽》等。彻子曾一口气给她留了九通电话留言，她把这当作一桩趣事，常常把录音播给客人听。1980年向田邦子获第83届直木奖，次年在散文取材旅行中因空难去世，终年51岁。

第五章

漫长的告别

想做的事情要马上去做。

每次和最爱的人告别,彻子都会后悔"要是早点联系就好了""如果能写封信该多好"。一想到那些离世前仍渴望演出的人们,她都会感到还能站在舞台上是多么幸福的事。唯有在舞台上,演员之魂才能得到最大释放,奇迹也由此而生。

森繁先生教会了我关于戏剧的一切

森繁久弥①先生去世了。

森繁先生不仅是我在戏剧方面的恩师。在电视这一全新媒介方兴未艾的年代,他也是推动电视行业蓬勃发展的同伴。怎么让台词更自然,如何把握节奏,让观众发笑的诀窍……他教会了我关于戏剧的一切。

第二次世界大战前,森繁先生通过了NHK的播音员考试,曾在中国工作。战败后,他被苏军收押。他从未详谈过这段经历,但其中的艰辛不难想象。

---

① 森繁久弥(1913—2009),生于大阪,早稻田大学商学部肄业。除在广播剧领域表现出色外,他主演的"社长系列""次郎长系列""站前系列"等电影也大获成功。1960年创作歌曲《知床旅情》,后作为原创歌手留下辉煌成就。2009年11月10日逝世,享年96岁。

回到日本后，他奔走于各大剧团，出演过当时非常有人气的广播剧。他的《日曜名作座》在每个星期天晚上播出，五十年间从未间断，深受欢迎。后来，电视也终于登陆日本。我是个新人，却和所有广播人一起站在了电视行业的起跑线上。电视剧直播是不许有失误的，所以我们每次都拼尽全力。

森繁先生是真正说得好台词的人，可以像即兴发言一样自然地表达，让人听得津津有味。我望着森繁先生，深刻地领悟到原来台词是要这样说的。"怎么才能将台词说好？"实际上，我从没有直接地请教过他这类问题，因为只是看就已经明白了。森繁先生就是这样生动地告诉我何为戏剧的。

森繁先生只有一点不足，那就是他会偷看台词。即便如此，他依然能让观众听得流泪。记不住台词的时候，一般人会记在手上，或写在手里拿的报纸上，都是耍小聪明的做法。森繁先生则是堂堂正正地"作弊"。他用大字把台词写在屏风上，这样从很远的地方就能看清楚。放在现在，这应该算是提词器吧。有一次，工作人员觉得碍事，就把屏风收了起来。正式开拍时，森繁先生站在摄影机前，忽然喊了一句："屏风！"大家马上慌慌张张地把屏风搬了回来。他真是堂堂正正地一边偷看一边表演，但是好棒！

直到最后的"来一次怎么样"

《彻子的房间》首播时，作为嘉宾的森繁先生碰了我的胸部，成了一桩逸事。后来每次见面，他都会说："来一次怎么样？"在 NHK 时我还年轻，不明白他在说什么，总是敷衍地应道："下次吧，下次。"每到这时，他就会说："我不要等到长皱纹哟！"

礼物？他从来没有给我买过！他是个危险的老先生，所以从五十五年前第一次见面开始，我就一直注意不和他那双危险的眼睛对视。不过，后来我明白了，他十分爱护我。于是从某个时候开始，我也请求他说："森繁先生，请您要一直跟我说'来一次怎么样'哦！"我们最后一次见面，是在他去世四年前。吃完饭告别时，来了一辆很大的车接他。他突然拉住我的手说："来一次怎么样？"这是到最后也要遵守约定的意思吧。森繁先生一直都很爱护我。

在舞台上，他还有任性得一塌糊涂的一面。森繁剧团在地方公演时，常常会提早结束。"加快速度！这是团长的命令。"有一次甚至提早了四十五分钟结束，结果接观众的巴士还没来，剧场里闹作一团。其实，森繁先生提早结束演出，只是想出去玩！我觉得地方观众不能经常看到舞台演出，这样走了很对不起他们，所以表示抗议。演员们缩短了台词，一个个都走了。等我端着盆出来时，大家都离开了，一个人也没有了。也许因为我经常这样反抗，森繁先生说："你除了拒绝'来一次怎么样'时很可爱，其他时候一点儿都不可爱。"

萩原朔太郎的诗

森繁先生很有智慧,十分符合"知识分子"这个词。他朗诵能力出众,甚至能背诵《红字》的作者霍桑、萩原朔太郎等人的诗。我永远不会忘记他最后一次来《彻子的房间》做客的情景。一开始,他漫不经心地说一些不太适合在全国观众面前播出的话,连我都感到有些困扰。《彻子的房间》通常不会做剪辑,都是直接播放,但这次实在不得不剪掉一些……于是,我鼓起勇气对他说:"森繁先生,我希望通过我们的节目告诉观众,您是一个了不起的人。您不认真的话,我们会很困扰的!"话音刚落,森繁先生突然流利地背诵起了萩原朔太郎的诗,真是太精彩了。那时,我看见他太阳穴上的血管都浮现了出来。我想,森繁先生认真起来真是了不得啊。节目播出后，收获了数不清的好评。"感动到流泪！""了不起！"真是太好了。

"人生如戏，戏如人生。"森繁先生很好地实践了这句话。他说，自从他演了《恍惚的人》这部探讨阿尔茨海默病的电影之后，生活里似乎也总是犯糊涂，慢慢地，有时自己也分不清是在演戏还是真的了。也许是妻子和长子都先他而去，这个打击太大了。

讲一个有趣的小插曲，是关于森繁先生和夫人的。森繁先生富有智慧，夫人也是一位热爱旅行的知识女性，据说她给先生讲过很多稀奇的事。《彻子的房间》首播时，森繁先生在节目上说："人笑的时候，面部有七块肌肉在运动，这些肌肉可以马上回到原位。但是，人绷着脸的时候，面部会有一百七十块肌肉同时变得紧张，这样是无法轻易复原的，也就形成了皱纹。所以，人应该多笑笑比较好。"这个说法似乎就来源于森繁夫人。

没关系，动真格地勒住脖子

《屋顶上的提琴手》公演了九百次。我参与过日本首演，饰演屠夫的妻子。有一场戏是我从墓中苏醒，骑在演员童司先生肩上，再勒住森繁先生所扮演的特伊的脖子。在舞台一侧准备上场的时候，森繁先生突然走了过来，说："你就动真格地勒住我的脖子，没关系的。""啊？要这样吗？""对哦。"他点头道。于是，我用尽全力勒住了他的脖子。我动作激烈，童司先生只能忍受，当然森繁先生更是如此。（笑）那次演出得到了诸多称赞，有人说"比百老汇版还要棒"。演出将近九百场那会儿，我们每天都要坚持演两场，真的非常辛苦，但也很有趣！一场是三个小时，我从世田谷的家步行到帝国剧院正好需要三个小时。一天表演两场，就等于我唱唱跳跳地在世田谷和有乐町之间走了一个来回。一天六个小时,要一边唱歌一边跳舞,还要走路,是不是想想都觉得辛苦?

森繁先生九十岁的时候,久世光彦①开始在《周刊新潮》上以散文形式连载两人的对谈,题为《大遗言状》。久世先生去世前的夏天,他曾策划过一个我们三人的谈话节目。节目中没用到的内容,都用在了《大遗言状》里。在一个炎热的夏日,我们俩一起等候森繁先生。森繁先生明明迟到了,却只说了一句:"太热了,所以来晚了。"他又说:"我们去吃牛排吧。""不行,先把事情说完,才能让你去吃。"我说道。结果,我们聊了没一会儿就去吃了牛排。不到三十分钟,他又说:"我们去吃鹅肝吧。"(笑)于是我重复道:"再说一会儿,才能让你去吃。"我就像个驯兽师。

---

① 久世光彦(1935—2006),日本编剧、电视制作人。他担任制作人的《寺内贯太郎一家》等作品留名电视剧史。他对指导演艺界新人充满热情。演员浅田美代子曾说:"父母都没有敲打过我,但久世先生不知敲打过我多少次。"久世光彦提携培养了众多知名演艺界人士。2006年去世,享年70岁。

森繁先生接受康复训练时，我曾写信给他。他回信说："谢谢，老头子我都哭了。"那时我第一次感受到了森繁先生的真心。让我懊悔的是，在森繁先生最后的时刻，我没有写信给他。一想到森繁先生的妻儿都走在了他前面，他一个人一定十分寂寞，我就悔恨不已。

九十六岁，在世人看来，活到这个年纪算是可以了。但我总是想，作为一名演员，森繁先生或许还想在那时焕发出事业的第二春、第三春。

去吃世界第一的比萨吧

　　森繁先生离世前的四个月，我的另一位朋友、歌手川村薰也去世了，她明明还那么年轻……五年前她罹患癌症，从那时起，她好像就在做各种准备，只为了"不管什么时候、发生任何事，都能安心离去"。我给她发信息说："带着女儿，我们一起去吃世界第一的比萨吧。"那家店曾获得"世界第一"的称号，我和川村小姐约定，要带着她女儿露琪亚一起去吃。可是，应该是五月末的时候吧，她给我发来了最后一条信息："比萨离我越来越远了，真寂寞啊。但是，我一定要去。无论发生什么，我都会一直支持小豆豆的，加油！"到最后，我们的约定还是没能实现，她就这么离开了。

　　在御茶水的尼古拉堂举行葬礼时，我见到了露琪亚。那时她上小学二年级。葬礼上来了好多孩子，大概都是她在学校的朋友，聊个不停。但到了向棺中献花的时候，一刻都闲不住的孩子们齐刷刷地站好了。那时我想，孩子并非不明白父母过世是怎么回事，只是在"死亡"这个停止的时间里，没有停下来而已。

我走到露琪亚面前，说："我叫小豆豆。"她答道："我知道哦。""我和你妈妈约好了，要一起去吃世界第一的比萨。"听到这句话，小朋友们的脸一下子亮了起来，说："今天去吗？"他们一脸兴奋的神情好可爱，但那天实在不合适。露琪亚应道："今天不行！"一周后，我和露琪亚一起去了世界第一的比萨店，她带了七个小朋友。每次上比萨的时候，我们都会拍照合影。真是无比快乐的时光。

我和姐姐最后的晚餐

二〇〇八年十月,导演山田洋次和夫人来看我的舞台剧《罗丝的困境》。演出结束后,我们一起吃了饭。对我来说,这是最难忘的一顿晚餐。我和渥美清先生的妻子十分仰慕山田夫人,都喊她"姐姐"。渥美清先生去世后,只要有山田导演执导的作品,我们都会一起去电影院观看,再一起吃饭,这已经成了惯例。我们一起看的最后一部电影是吉永小百合主演的《母亲》,照例是山田导演邀请的。

《罗丝的困境》公演那天,结束了表演和访谈后,我们四人一起去了银座的中餐馆。临告别时姐姐拥抱了我,拍着我的背说:"今天真开心啊。明年也要这样相聚哦,一定!"我说:"快点坐出租车回去吧,再见啦!"三周后,我收到了姐姐去世的消息，山田导演转述了姐姐的遗言："葬礼我打算只请家里人参加，可我非常想告诉彻子，那一天的演出和晚餐真是太开心了。"我发去了唁电。

　　姐姐不管什么时候都走在前面，为我照亮前路。那天告别时她说"明年也要这样相聚哦，一定"，也许是已经预感到了那是最后的晚餐。那天出发前，我还跟她说："这次聚会一定也会很开心。"我忍不住掉下泪来。那天的晚餐真的非常美味，我们说了好多话，开心得不得了。没想到，那竟然成了最后的晚餐。我想，如果那时的我给了姐姐一些精神上的鼓励，就太好了。

一起去养老院？

朋友们一个接一个地走了，我感到好寂寞。这其中，池内淳子去世对我打击很大。我和池内女士从幼儿园起就认识了，在她成为演员后，我们变得亲密起来。她是一个总能让气氛变得融洽愉快的人。十年前，我和她还有演员山冈久乃认真地约定好："将来要一起去养老院。"池内女士总是出现在味噌广告里，给人留下擅长烹饪的印象，但其实她完全不会做饭。她曾说："早上我总是做不好味噌汤，真烦啊。"山冈女士听了说道："我来做饭，你负责让大家和谐相处。"我呢，则负责给大家打气。

我和演员夏木阳介见面时，偶然聊起住养老院的事，他说："我也要加入。我会做柜子，还可以给大家开车。"我告诉池内女士时，她说："养老院原本不就有柜子吗？"真是理性的人啊。（笑）我说："夏木先生车开得好，我们可以一起去兜风。"她说："那就让他跑跑腿吧。"山冈女士去世后，夏木先生说："现在做饭也交给我吧。"我把这话告诉池内女士，她说："真的？"明明我们都聊到这么多了，最终一起去养老院的事还是没有实现。真寂寞啊。

好强女演员的趣事

舞台赋予了我灵魂。在每年的"海外喜剧系列"中，受到好评的作品会再次公演，《罗丝的困境》在二〇〇四年和二〇〇八年两次公演。二〇〇四年，出演幽灵丈夫的是冈田真澄。他曾多次说"好想再演这个角色"，却在第二次公演前去世了。一九九五年一月公演舞台剧《柑橘之屋》时，原定一起演出的金子信雄在排练时住院了。本以为是感冒，却被确诊为败血症。就在公演的第一天，金子先生去世了，大家流着泪完成了演出。说什么"将表演进行到底"，但只有活着才可以演戏！金子信雄先生是个很风趣的人，本来我们约定要好好再聊一聊以前的事，他却这样离开了。我到现在都还记得，他给我们讲了好多演员的逸事。

很多女演员都有好胜心,比如我非常尊敬的杉村春子老师。虽然她说自己讨厌喜剧,但我觉得像她那样生来就有幽默感的人是十分少见的。

我和杉村老师是因为《德川的女人们》这部电视剧相识的。某天,一位女演员因为有其他工作要迟些来,我们一起等她。有个工作人员说:"某某真的好漂亮!"杉村老师脱口而出:"是啊,但老天是公平的呢。"这不就是说人虽漂亮,演技却……后来又聊到别的女演员很漂亮,老师还是脱口而出:"哈,那是妆化得好。"不管别人如何称赞,她完全不附和,很不可思议吧!《女人的一生》里有一场更衣的戏,演员太地喜和子从后面将浴衣套到杉村老师身上。衣服罩住了杉村老师的脑袋,于是她说:"你,不是在捕蝉吧!"明明是着急换衣服的当口儿,她还能冒出"捕蝉"这种说法,这样的天赋真是太厉害了!

请给我力量吧！

二〇一〇年七月，编剧冢公平去世了。他曾说，他的代表作《蒲田进行曲》是在看《彻子的房间》时得到的灵感。当时，节目邀请了一位名叫汐路章的群演。这位演员说，他最擅长的就是从台阶上滚落的戏。作为小演员，为了多得到一些报酬，他经常会接这样的活儿。举例来说，从台阶上被斩落的戏，如果因为害怕而面对台阶表演，酬劳就会少一些；但如果能背对台阶、头部先着地滚落，酬劳是最多的。这位演员说："我研究过背对台阶该怎么滚落，每次都会好好表演。"冢先生看了这期节目，立刻觉得这就是自己想写的人物。后来他来《彻子的房间》做客，明确地说是这个节目催生出了《蒲田进行曲》。

在演舞台剧时，曾有人问我："每天都演一样的戏，不会腻吗？"我从未有过这种感觉。《罗丝的困境》首演时，我看到了演员绪形拳的讣告，不禁想，自己还能够精神百倍地站在舞台上，是上天多大的眷顾啊。

绪形先生之前来《彻子的房间》时说："我是自荐来的哦！"他父亲是我的"粉丝"，曾对他说："你小子不是也演了不少的电视剧和电影吗？《彻子的房间》就没邀请过你吗？"后来，我给绪形先生写信，他说我的笔迹和他父亲的几乎一模一样，还以为是父亲来信，吓了一跳。他去世前，我不知道他已经得了重病，还想着要给他写封信，就用"父亲"来落款。那样一定很有趣，或许能让他笑一笑，哪怕只有百分之一的宽慰也好。那时如果真的写了就好了。想做的事情不马上去做果然是不行的。

所以，站在舞台上时我常常祈祷："离去的热爱戏剧的大家，请给我力量吧。"我想，我一定要全力以赴，把戏演好。

第六章

被喜爱的
东西环绕着

正因为要没入黑暗,把自己装进色彩明快一点儿的容器里,不是更好吗?

经纪人去世后,骨灰被装进了一只普普通通的小罐子里。人们在餐具上讲究,为什么却不在意骨灰罐呢?彻子一直很困惑。她拜托和父母有交情的大仓陶园,定制了绘有玫瑰和樱花两种图案的骨灰罐。

从香奈儿到百元店

我特别喜欢买东西。二〇一〇年新年去香港、澳门旅行时,我买了很多衣服。我的目标并不是买奢侈品,就是逛,一边逛一边想:啊,还有这样的东西!更有趣的是,我发现了一个很有人气的台湾设计师开的店。这位设计师很有品位,店里的服装主打新亚洲风格,都是手工缝制的,领口和袖子上镶着蕾丝花边,正是我喜欢的样式。店里基本是织物,有的料子是用薄薄的丝绸和棉混纺的,色彩也很别致,每一件我都喜欢。在香港时我还去了一家又时尚又实惠的店。我发现一件有很多褶皱、外搭毛衣的衬衫,一看就知道凝聚了设计师的许多心血。可看到价格时,我还是吓了一跳——真的只卖这个价格吗?这家店和我自己的衣服也很搭。

穿香奈儿，也穿百元店，这样一来，是不是穿着便宜的衣服，别人也不会发现了？

购物呢，不管是买贵的还是买便宜的，都很有乐趣。香奈儿很贵，所以会仔细考虑好再入手；百元店的话，因为便宜，可以什么都不用想就买下，还能和优衣库搭配着穿。说到牌子，我比较喜欢杜嘉班纳还有薇薇安·威斯特伍德。我从很久以前就开始穿薇薇安·威斯特伍德，之所以喜欢，是因为它的设计总让我思考该怎么穿才好。我还喜欢三宅一生、川久保玲那些富有个性的服装。渡边淳弥、山本耀司这些日本本土设计师的牌子我也很喜欢。新生代品牌KENZO我也会穿。我和设计师小筱顺子是老朋友了，有一次我说"好想要这样的裙子啊"，她就做了一条非常垂顺的裙子送我。

现在很容易就能在商场里买到想要的衣服，但我刚进入NHK时可不是这样。那时我的衣服都是母亲做的，或者在便宜的洋装店定做，这种情况一直持续到我去纽约前。好在当时找裁缝不算太贵。我在纽约的时候，正是英国设计师罗兰爱思的全盛期，所以我买了很多胸前镶有蕾丝的高领泡泡袖衬衫,还有裙摆很长、样式独特的背心裙。二十世纪七十年代,这样的服装很流行。我喜欢带有灯笼袖的纯棉白衬衫,再配上袖扣之类的饰品,一穿上就像从《绿山墙的安妮》里走出来一样。我对这种风格的喜爱从未改变。

我眼中最漂亮的民族服饰

在纽约看了森英惠老师的时装发布会后,我第一次有了"设计师好厉害"的感慨。虽然是快四十年前的事了,想起来依然觉得很感动。我喜欢森英惠老师设计的衣服,回国后从《The Best 10》开始就一直在穿。在纽约时,出席正式场合时为了保险,我常穿和服;但见外国友人时我总穿森英惠老师设计的裙子,这样会感到特别安心。

平时我也喜欢穿有民族风格的衣服。去横滨等地时,我总会买一些便宜的服装,像泰国的、印度的、巴基斯坦的等等。比如印度的"旁遮比",被认为是现代睡衣的原型,我会配上花纹短裤,再戴上一条合适的项链。在形形色色的民族服饰中,我觉得最美的是纱丽。但是穿上它实在太麻烦了,所以我选择的都是同质地的衣服，尽量地体会纱丽的感觉。我去印度时，有机会去到了卖纱丽的店铺。那些衣服真是惊艳，不管是色彩的搭配还是刺绣的图案，品位都好极了。只要是纱丽，即使闭着眼睛，都不会选到差的。先不说日本，世界上有如此审美的民族大概不多吧。

二〇〇九年，因为联合国儿童基金会的工作，我去往尼泊尔。由于持续了十年的内战，那里非常贫穷，物资匮乏。但就是在这样一个国度，首都加德满都仍然有时装店。这家店里陈列的上等服饰让我很惊讶。充满民族特色的服饰果然是最棒的，我想和服大概也是如此吧。我在那里买了一件中国风的外套，是用两层布料制成的。上面一层是黑色的玻璃纱，下面一层则是轻薄的丝绸，缀有淡绿色和茶色的格子花纹。一开始我甚至没发现它是双层的，不知不觉中就被它的精致和巧思吸引了。

对鞋子没兴趣！

我觉得自己并不是个时髦的人，因为我对鞋子没什么兴趣。看了《欲望都市》后我很吃惊，原来如今人们都这么在意鞋子。要是能穿上那双鞋子——在剧里，女主角会不时这么说。我在主持《The Best 10》的时候，只有一双鞋子。那是一双木屐款式的塑料凉鞋。因为是透明的，怎么搭配都可以。另外，穿长裙时也看不见鞋子，不是吗？因此我觉得穿什么都无所谓。有一次录节目时，久米宏先生说："黑柳小姐，你只有一双鞋子吗？"我一边说着"对呀，只有一双呢"，一边"咻"一下伸出脚……于是，全国各地的鞋店都给我送来了鞋子，亲切的人真是好多啊！不过，我的脚长是二十四厘米哦。原以为自己会长成大个子，但由于食物匮乏，个子不高，却有双大脚。（笑）但大家都认为我脚很小，送来的鞋子尺寸不是二十三厘米的就是二十三点五厘米的，结果哪双也穿不了，我便把这些鞋子带去了慈善义卖会。无论如何，我感受到了大家的热情。现在，录制《彻子的房间》时，可以从侧面看到鞋子，所以我去涩谷109大楼买了很多很棒的鞋子。我偶尔也会穿LV、香奈儿、普拉达之类的牌子。

我最常穿的鞋子是四年前在韩国花三千日元买的，现在也在穿哦，真的特别舒服。当时，我和演员大竹真一行人到韩国录制裴勇俊的节目。鞋子是在一栋全天营业的大楼里买的，我实在太喜欢那里了。这双鞋子侧面是蕾丝的，鞋底虽然厚，但是特别轻，比纸还轻！店主开始卖三千五百日元，大竹先生说："黑白两色各买一双，三千日元给我们吧。"结果店主真的同意了。不过这双鞋好像是"山寨"的。鞋子一穿就是四年，我说想要双新的，杰尼斯事务所的副社长玛丽女士马上就咨询韩国的熟人，给我买了一双正版的。问了价钱后发现，这双鞋虽不是"山寨"的，却也卖三千日元，原因就不知道了。（笑）

最容易冲动消费的东西：
丝巾、蕾丝和创意商品

我很喜欢丝巾。表参道的丝巾小店，我能兴奋地逛个没完。可是，怎么佩戴丝巾是件难事。"我想要这一条！"每次冲动消费后，我都不知道该用在什么场合，即便如此我还是收集了很多丝巾。有时候看着这些丝巾，我也会郁闷地想：唉，怎么买了这么多！不过，我对宝石什么的完全没兴趣。我还是偏爱有设计感的东西，比如丝巾、古董蕾丝这样有古典气息的手工制品。

如果问我逛街时喜欢买什么，除了上面这些，我还喜欢买日用品。最近我买了样很有创意的商品，外形看着像打蛋器，其实是开瓶器。这东西胖胖的、小小的，像戴发箍一样把它套在瓶子上，按下按钮，中间横着的东西就会竖起来。再"咔咔咔咔咔"旋转几次，瓶盖就"砰"地打开了。真是又有趣又厉害！一开始我以为还得按压瓶盖之类的，但实际上只要把它放上去，就能一下子打开盖子！真是出人意料。在开装黑豆和果酱的瓶子时，这东西尤其好用。我买了很多送给《彻子的房间》的工作人员，所有人都很吃惊。我也推荐给大家！

我经常会在杂志、电视上发现创意商品，不是老有这类节目吗？我特别喜欢看。我还买了自动擦丝器，用它擦出的萝卜丝和手工的没什么区别。人总有累的时候，机器却不会，所以用它擦萝卜丝又快又好。有一次去外地演出，我也带上了这东西，并用它擦出了一大脸盆的萝卜丝。大家一起吃荞麦面的时候，我端出这盆萝卜丝，得到了一致好评。

网络？我从来不上网。因为我知道肯定会控制不住自己。有人一喊："来聊天啊！"我肯定停不下来！

唯一的爱好

我唯一的爱好就是收集餐具。因为在家里没什么机会使用,我也会适当控制自己的购买欲,但无论如何,一看见餐具我就感到很开心。

不管在日本还是国外,只要逛商场,我第一个要去的就是餐具卖场。

有件事我很自豪。匈牙利有个叫"赫伦"的瓷器品牌,对吧?在日本,最早在电视上介绍它的人就是我呢。那是很久以前的事了。那时,我家收到了一份来自银座和光百货的商品目录,里面有一项服务,可以每月配送一套赫伦的杯碟和甜点盘,持续半年,每个月的款式都不同。那是我第一次见到赫伦的餐具,不禁感叹:"世上怎么会有这么漂亮的东西!"于是我决定订购,让和光寄送了半年。这些餐具也价值不菲呢。

这期间，我出演了一档美食节目，终于可以带上赫伦的餐具了。当我说"这是赫伦的餐具"时，总会有人问："啊? 朋友?"[①] 据说中世纪时哈布斯堡家族就已经开始制作餐具了。节目播出后，电视台收到了很多咨询。听说观众们也和我一样吃惊。"竟然有这么漂亮的东西!"也有许多人问："朋友?""不，是赫伦。"

我偶尔也会在餐具店用自己的设计进行定制。

有一次去逛商场，我看到了一套黑底描金的咖啡杯，上面绘有芒草、胡枝子等日本植物，像是琳派[②]创始人之一本阿弥光悦的画，漂亮极了。我问店里的人："这是哪里产的?"对方答道："是横滨的增田窑[③]。"我当时想，能在商场里买到这么漂亮

[①] 在日语中，"赫伦"（Herend）与"朋友"（Friend）发音相近。
[②] "光琳派"的简称。桃山时代（1573—1603）后期由本阿弥光悦和表屋宗达创建，尾形光琳、犬山兄弟发扬光大的艺术流派。其艺术特点是背景多用金箔，构图大胆，有极强的装饰性。
[③] 19世纪下半叶，随着日本废藩置县和日美通商，来自各地的工匠聚集到横滨，诞生了独具特色的陶器"横滨烧"。1965年，增田窑开窑，继承了开港时期为出口而制作的横滨烧的传统，其魅力在于将细腻与力量感相结合，具有华丽的装饰风格。

的陶瓷，当然很方便，但更应该去横滨亲眼看一看。我就是这么喜欢餐具。

　　除了咖啡杯套装，我记得那家店里也有餐盘，但像汤盘之类的西洋餐具很少。我问店里的人："你们会制作西餐用的餐具吗？"他们似乎并没有这方面的计划。那时我已经决定参加每年一到二月在东京巨蛋举办的餐具展览会，所以想要符合自己想象的盘子。我当时想，要是有一套那样的餐盘该多好啊！真可惜。不过，设计思路也在脑子里自然而然地浮现出来了，珠绣大师田川启二为此还打趣说："彻子变成设计师了，都开始自己设计了呢！"

餐具展览会

二〇一〇年,我又一次和田川启二先生一起参加了餐具展览会。每年都要做给椅子上漆之类的活儿,虽然辛苦,但十分有趣。这一回我想以"绿沙龙"为主题,因为绿色对眼睛好嘛,我还为此特别制作了江户切子。年轻时并不觉得切子有多了不起,但随着年纪增长,越来越叹服于它精巧的技法!我想制作一组祖母绿色调的正餐餐具,把切子制品中从未有过的晚餐盘、面包盘、香槟杯、水杯、咖啡杯和杯托都包含在内。"泷泽硝子工艺"的主理人说:"那就做做看吧!"他们用了各种工艺,最后的成品简直像梦一样美丽。餐具上的彩绘,是法国画家让-皮埃尔·卡西涅尔绘制的名为《绒球玫瑰》的作品。是真迹哦!

为了映衬祖母绿的色彩，我选用了白色的亚麻桌布，搭配起来太漂亮了！桌布是在横滨的"近泽蕾丝"定做的，我非常喜欢。说到桌布，我曾见过一块完全用中国的汕头抽纱制成的桌布，真是精美绝伦。我一问价格，竟高达八百六十万日元！如果不小心弄上酱油什么的，岂不是要命吗！即便我只是客人，也没法不在意。这么一来，还怎么平心静气地吃饭呢？我想，也许上面再铺一块透明的塑料桌布会比较好吧。"大家快来看，这可是举世无双的精美刺绣，都能收进美术馆做藏品了，快来欣赏啊！都看到了吗，感觉怎么样？那么，我要铺上塑料桌布了！"这是我想到的唯一的办法，总比欣赏完了就立刻收起来好吧！毕竟，隔着塑料桌布一边欣赏刺绣一边用餐，已经很奢侈了。不过，铺上塑料桌布这种事，真正的有钱人不会干吧。（笑）

食物和漂亮的图案同时摆在面前是一种幸福

我和田川先生还去过一个类似古董市场的地方。在那里,我发现了小时候吃饭常用的那种带隔层的大圆盘,上面还画着《玛丽有只小羊羔》。"啊,这个我小时候用过!"我刚说完,田川先生马上应道:"我也是!"多巧啊!那只盘子是我儿时最喜欢的一样东西。果然,食物和漂亮的图案同时摆在面前是一种幸福,因为战争中有太多太多残酷的东西了……

每次参加餐具展览会,都要确定一个主题,并围绕这个主题来布置就餐环境,所以总是很忙碌。这一回,我在架子上摆了木制的兔子,有大、中、小三个尺寸。一碰兔子的脚,它们就会摇晃起来。兔子原本是白色的,但我动手涂成了绿色,还配上了绿色的花束。我的展台还是挺有人气的。因为东西很多，参观的人都停下脚步，细细阅读我写的说明。能有这么多人来看，真是不容易啊。（笑）第一次参展时，我定的主题是"好客的蓬帕杜夫人"，并拜托大仓陶园帮我做了蓬帕杜粉的餐具。

大仓陶园有一位姓内藤的设计师。有一次我去帝国饭店的陶园时，和他聊起想定制骨灰罐的事，他说："那就试试看吧！"很巧，东京巨蛋展览会上的餐具也是他帮我做的。蓬帕杜粉是非常难调的颜色，他反复试烧了很多次才成功。成品简直美极了，有种女性的华美气质。

定制骨灰罐

我的经纪人去世时，骨灰被装进了一只普普通通的小罐子里。好寂寞啊。人们在餐具上讲究，却并不在意骨灰罐，也许是觉得"人都不在了，骨灰罐什么样又有什么关系呢"。但我不认为"死了就什么都无所谓了"。正因为要没入黑暗，把自己装进色彩明快一点儿的容器里，不是更好吗？所以我拜托内藤先生："能不能帮我做我设计的骨灰罐呢？"他回答说："那就试试看吧！"我设计了两种骨灰罐，一款蓝玫瑰的，一款樱花的，都是大仓陶园代表性的图案，其中樱花那款的盖纽还做成了花骨朵的样子。罐子是成套的，一只大的，还有一只分装骨灰用的小罐。

因为做得太好了，我告诉陶园的工作人员："如果有人想要我设计的骨灰罐，可以卖给他们。"但对方说："即使摆在店里，这个样式也不太好自信地推销呢……"不过，听说后来慢慢地也有人预订了。我想，当个普通的花瓶也不错，因为真的很漂亮啊。有个朋友的丈夫去世了，她说："如果能有只分装骨灰用的小罐子就好了。"于是，我把玫瑰那套里的小罐送给了她，她非常喜欢。母亲去世时，我把她的骨灰装入了那只蓝玫瑰罐里。

精美的餐具并非生活的必需品，不用也无妨。但是，只要把它们放在眼前，我就永远都看不够。我也希望传统工艺永远不要失传。长崎有座名为"一目"的窑，真想让更多人知道它的存在。它出产的瓷器不是西洋风的大物件，而大多是茶杯酒盅这样的小玩意儿。烧制得十分精美，价钱却都很便宜，还都是手工制品。这些为什么不能作为餐具卖到国外去？切子工艺也一样。真想让外国人了解到这些独特的传统技艺："你们看，是不是很漂亮！"

分餐女王，出现了！

我还有一件喜欢的事情，那就是吃！一起床我就会开始琢磨：今天吃点什么好呢？因为贪吃，小时候别人都叫我“吃货教的公主”。我常和作曲家小森昭宏一起吃饭。他是童谣《拳骨山的狸猫》的作者，后来还为人偶剧《阿布、阿福、阿武》[①]、交响乐版《窗边的小豆豆》作曲。他的另一个身份是医生，每次看我吃东西，他总是挠着头说：“奇怪啊，你吃这么多，应该是个胖墩儿才对！”

---

① 饭泽匡创作的人偶剧，于 1960 年到 1967 年播出，彻子为剧中的阿武一角配音。故事设定为童话《三只小猪》的后传，三只小猪中的老大阿布经常“咘——咘——”地发牢骚，老二阿福总是”呼——呼——”地喊累，老三阿武最靠得住，总是“呜——呜——”地努力干活儿。想吃掉小猪的狼也在剧中登场，但随着故事发展，他们成了好朋友。

我也常和广播作家永六辅[①]一起吃饭,他总是叫我"分餐女王"。年轻的时候,我和他还有渥美清先生一起去吃中餐。我们要分摊餐费,服务员一上菜,我就能估量出每人的分量。比如,干烧虾仁一端上来,我就能看清每人应该分三只;肉一端上来,我就知道每人能分五片;如果在场有十五个人,我可以分毫不差地把蛋糕切成十五份。我就是这么自信,甚至还可以切成十七人份哦!《彻子的房间》的编导们对此也非常惊讶。总之,平均是最好的!因为总有人会不好意思,只拿一点点。不过吃中餐时,店员通常会帮忙把菜分好,这样最好了。

我曾演过一部叫《妮诺契卡》的舞台剧,其中有场戏是用勺子给同伴分鱼子酱。因为鱼子酱价格太高,所以我用了地肤子酱来代替(这种酱是用地肤子的果实加工而成的,见过的人都叫它"田间鱼子酱")。母亲看过那场戏后说:"你干别的不行,但只要和吃有关,还真是有一套啊。"

[①] 永六辅(1933—2016),日本作词家,创作了《昂首向前走》等家喻户晓的歌曲,也以艺人、作家等身份活跃。他还是《彻子的房间》中出场次数最多的嘉宾。

拉面派对

我从未有过美食之旅。作为联合国儿童基金会亲善大使前往亚洲、非洲的贫困地区时,不吃坏肚子是比品尝美食更重要的事。此外,我去过的很多地方都没有厕所。

我最开心的事就是在结束行程的前一天,叫所有工作人员一起吃速食拉面。我带的面足够每个人吃两袋。一到最后一天,我就烧好热水,请大家来我屋子里开拉面派对。最近,日本推出了一种遇水就能变软的"浇水年糕",我也都带着,蘸着黄豆粉吃。

到访这么多国家,会不会变瘦?不会哦。要说为什么,大概是因为各国招待我们时基本都会以面包为主。面包,是最安全的食物。

有什么不喜欢的东西吗?水!平时我们不是总说"早上要先喝一杯水"吗?这句话对于我来说,简直是种拷问。

什么都可以，就是讨厌喝水

三十五年前，《彻子的房间》刚开播时，工作人员问我："如果说话的时候渴了，您想喝什么？"我说："什么都可以，就是讨厌喝水。"大家都吓了一跳。直到现在我都不怎么喜欢摄入水分，不过血液并没变黏稠哦，大概是因为我一直很喜欢吃水果吧。不过，近来为了健康，我也开始好好喝水了。

九十五岁去世的母亲在弥留之际说过这样的话："说真的，如果每天三餐能用点心代替就好了。"她说完就笑了。母亲也不喜欢喝水，但是到了最后的最后，她的身体都很健康。我想，"什么什么对身体好"这样的说法并不适用于所有人吧？

我是真的不太摄入水分哦。我很喜欢去喝茶，但并不是喜欢茶，而是因为可以聊天。我也很喜欢茶馆、咖啡店里的气氛。我还喜欢酒店里的早餐,从小松饼到华夫饼,这些甜甜的早点让我觉得好开心。

我也会做饭哦!在外面吃到好吃的,我就会询问做法,自己回家动手试一试。我曾在京都学会了煮黑豆的方法,还教给了导演伊丹十三。

• **彻子的拿手菜一:生菜卷肉末咖喱**

在平底锅内倒入油,将切碎的胡萝卜和辣椒炒香,加入洋葱碎,炒至变色,撒上盐。将鸡肉末和牛肉末以1:1的比例放入平底锅中,翻炒至深棕色。这时可根据个人口味加入酱汁、盐还有咖喱粉。最后,用生菜叶包上肉末咖喱和一小口白米饭,就可以吃了。

• **彻子的拿手菜二:蘸酱蔬菜棒**

在纽约留学时学会的一道菜。将酸奶油、蓝纹奶酪搅拌至酸奶的浓稠度,柠檬榨汁。再将所有材料与新鲜或晒干的莳萝混合。最后用胡萝卜、芹菜、白萝卜、青蒜、黄瓜之类的蔬菜蘸着吃。

- **彻子的拿手菜三：杂鱼饭**

先买来用鲜鱼制成的鱼干。取出内脏，将鱼干完全浸泡在水中，放置一晚。第二天用文火炖汁，滤清汤汁中的渣滓后，用汤汁煮饭。将切碎的柚子皮、加了砂糖的柚子汁和满满一大碗杂鱼干一起倒入煮好的米饭中。在小鱼干"跳舞"的时候，用嘴吹着热气就可以开始吃了。

享受纽约的方法

华夫饼和贝果是我去美国时必吃的东西。贝果的话,我喜欢吃夹了奶油芝士和熏三文鱼的。这东西做起来似乎不算难。

其次就是喝茶了。这次去美国,我也和朋友在第五大道百货店的咖啡厅喝了下午茶。套餐里有三明治、蛋糕和司康,很好吃。我们先在商场一层逛了特价区,喝完茶又去逛了别的楼层,然后再喝茶,真是悠闲啊。

这位朋友还有个妹妹,姐妹俩对化妆品的折扣信息了如指掌,甚至知道在雅诗兰黛消费多少钱能送沙滩包。她们邀请我一起去逛化妆品特价区,于是我们喝完茶又动身了。我们每个人都买了固体香水,瓶子亮晶晶的,非常漂亮,还都得到了超棒的沙滩包。我在日本时是不会特意逛这样的地方的，好开心。

切尔西附近的十八街有个马场，以前我常去。花两千日元左右就可以骑一次马，会有驯马师跟着。小时候我很想成为赛马骑手，所以很喜欢骑马。但很多年前，我在美国西部城市图森的马术俱乐部遭遇了严重的事故，所以从那以后就不怎么骑马了。那匹马上了年纪，光考虑自己，比如在泥泞的地方只按它自己的想法走。被它用粗暴的步伐驮着在树林里跑了大概两个小时后，我的脊椎受伤了。从那以后，我常常需要冰敷才能让后背好受一点儿。不过，纽约的马场很独特，在市中心。那里的马也都非常温顺，比较安全。

最近我都住在第三十八街的北野酒店，步行就能到达百老汇剧场，十分方便。过去我总住在朋友家，待多少天都可以。但如今大家都不在了，真寂寞啊。

第七章

我接触到的
"美丽的事物们"

当你想要某种东西时，整个宇宙会合力助你实现愿望。

这是彻子喜欢的一句话。和歌唱家普拉西多·多明戈见面时，他曾说："演出歌剧时，我总会拼尽全力，最后问'神啊，我做到这样可以吗'。"彻子听了很受触动，她想：真正投身于音乐，上天也会助自己一臂之力的。

在古典音乐中看到光明

我好喜欢音乐！我没法想象失去音乐的生活会是什么样。我的父亲黑柳守纲是小提琴家，曾任NHK交响乐团的首席，因此我从小就对交响乐耳濡目染。父亲不光在日比谷公会堂组织音乐会，还将NHK交响乐团里最好的大提琴手、小提琴手凑到一起，组成了东京弦乐四重奏乐团。他们常在家里练习，所以儿时我就总在听室内乐。作曲家芥川也寸志那时还很年轻，没钱去父亲他们的音乐会时，就常站在院子里，透过我家会客厅的窗户听演奏。

因为主持NHK的《音乐广场》和红白歌会、TBS电视台的《The Best 10》等节目，我也听了很多大众歌谣和流行歌曲。能面对面地听歌手们演唱，真是幸福的工作。不过我在家时几乎只听交响乐，从不听流行音乐。为什么呢？因为听有歌词的曲子，太容易被歌词左右了。比如说听失恋的歌，就会想到很多音乐之外的事。思绪不断涌上来，心情也会跟着起起落落。而交响乐呢，不管情绪多么低落，听着听着就会明朗起来，就好像看见了光明。

如果要推荐的话，莫扎特、贝多芬、舒伯特、勃拉姆斯……每一位都非常伟大，当然，也还有别的选择。维瓦尔第的《四季》那么华美，让人精神为之一振。拉赫玛尼诺夫的第二、第三钢琴协奏曲则充满浪漫气息。还有柴可夫斯基，也非常了不起！特别是他的钢琴协奏曲，只要一听，心情就会"唰"一下亮起来。

无论何时,音乐都是不可或缺的

优美的音乐可以让人的心灵丰富起来。所以我想,不管是什么时代,音乐都是必要的存在。大部分作曲家的人生都很悲惨。贝多芬失聪后曾想过自杀,莫扎特则一直过着一贫如洗的生活,他们都被葬在了无名的墓地。可是,他们生前呕心沥血,留下了动人的乐曲,延续其生命的交响乐因此得以永恒。交响乐的奢侈不光在于作曲家,还有演奏家。他们要花费大量的金钱和时间,才能成为专业的乐手。世界知名乐团的演奏家们都是从小就跟着老师学习的,然后去留学,再经过层层选拔,优胜者才能留下来。如此遴选出来的专业人士,他们的演奏可能不好吗?他们聚在一起,把心跳和呼吸调整到同一频率,只为演奏一曲。这本身已经是一件了不起的事了。交响乐是作曲家和演奏家们日复一日、点滴积累而成的。许多年轻人或许觉得很难产生共鸣,但不妨抛开偏见,试着听一听吧!你一定会爱上交响乐的,因为它会为你的心注入希望。

我还很喜欢意大利歌剧,在家常听咏叹调精选集。我偏爱普契尼和威尔第,也推荐给大家。普契尼的旋律特别好,让人一听就会振作起来。一九五九年,NHK举办意大利歌剧公演时,男高音歌唱家马里奥·德尔·莫纳科也来日本参加演出。我穿着和服,代表NHK给他献了花。那是战争结束后意大利歌剧第一次到日本演出。

歌剧的魅力在哪里?当然是咏叹调了!因为只要一听,谁都会说:"我知道这首曲子!"咏叹调的魅力,则在于以优美的旋律搭配美妙的嗓音。用人的声音去奏响世界上最美的曲子,光是想一想都觉得喜悦。交响乐固然奢侈,但歌剧更胜一筹,因为它不光拥有管弦乐队,还有接受过超乎想象的严苛训练的歌唱家,他们穿着华丽的服装,一边表演,一边歌唱。此外,合唱部分也有歌手,有时还有芭蕾表演……最让我兴奋的是歌剧开演前的那一刻。眼前的世界一下子开阔了,而在那个世界里,所有的语言都将用旋律来表达。

现场看音乐剧,兴奋无与伦比

同样以旋律为语言的音乐剧我也很喜欢,《音乐之声》《国王与我》《窈窕淑女》都是我的心头好。给年轻人推荐的话,我会推荐《毛发》和《油脂》,虽然都是比较老的音乐剧了。它们都拍成过电影,但还是去剧场看演出更有意义。音乐、舞蹈、戏剧……每一环都很生动,现场观看的兴奋是无与伦比的。

啊!能现场观看玛丽亚·卡拉斯的音乐剧真是太好了。一九七四年,她第一次来日本巡演,我很幸运地在东京看了演出。玛丽亚·卡拉斯登台的瞬间,我在心中呼喊着:"啊,出来啦!"光是登台就让我激动不已的人,到现在也只有她一位。她的感染力难以言喻,实在太了不起了。

也许有人会说，现场的音质不好，追求音质的话还是该听唱片。不过，对我来说，好容易有机会看到玛丽亚的演出，只要感受她独一无二的气场就足够了。她在舞台上的一言一行都十分优雅，我完全被征服了！这位女高音歌唱家曾从一百零八公斤减重到五十公斤，成为世界上最优雅的首席歌唱家。

男高音的话，我喜欢世界三大男高音之一的普拉西多·多明戈。他曾两次来《彻子的房间》做客。一九七一年正是他事业的鼎盛期，我在纽约见到了他，他说："十年后我会去日本哦。"我想，竟然能许下十年后的约定，真了不起啊！因为那时并没有让嗓音长久保持最佳状态的办法。从人们称赞"现在是多明戈的巅峰期"起，已经过去快四十年了，他仍然是一线的男高音歌唱家。很不可思议吧？我问他为什么保持得这么好，他说自己并不为了名利，只是每次演唱最爱的歌剧时都全神贯注，和乐队、其他演员们一条心。多明戈的父母是萨尔苏委拉（西班牙特有的一种歌剧）歌手，所以他从小就耳濡目染。歌唱时他会拼尽全力，最后问掌管艺术的神：

"神啊,我做到这样可以吗?"国外有句谚语:当你想要某种东西时,整个宇宙会合力助你实现愿望。听了多明戈的话,我想正是因为他全身心投入音乐,上天也在帮助他吧。我啊,也想成为这样的人。

没能成为歌剧演员的理由

在音乐学校上学时，我曾想成为一名歌剧演员，并跟随歌剧导演青山圭男学习。青山先生是第一个受纽约大都会歌剧院邀请的日本人，执导了《蝴蝶夫人》。青山先生说，如果我想成为歌剧演员，首先得去耳鼻喉科看看。虽然是玩笑话，但我知道了自己不适合做歌剧演员。（笑）我又想，那做音乐评论家怎么样呢？可我实在分不清舒伯特的《未完成》和柴可夫斯基的《悲怆交响曲》。明明从小每天都在听这些曲子，也许是听得太多了？我只好放弃了。（笑）

在舞台剧《三十三首变奏曲》中，我饰演埋头研究贝多芬的音乐理论家，为此查阅了许多关于贝多芬的资料。上音乐学校时我研究的是莫扎特，对贝多芬只有模糊的印象。可是，贝多芬真的非常伟大！在创作迪亚贝利委托的变奏曲时，贝多芬正接受着命运的考验。他耳朵听不到，健康状况也很糟，因为贫穷连乐谱都买不起。那时饥寒交迫的他，大概身上还会有跳蚤什么的吧。但就是在这种极限状态下，贝多芬在给定的主题下完成了出色的创作，他付出的心血可想而知。

贝多芬是伟大的，在《三十三首变奏曲》中饰演他的江守彻先生也一样。他一遍又一遍地排练，渐渐地，贝多芬就这样穿越时空，来到了我们面前。

江守先生是我在文学座时的同学。这已经是近五十年前的事情了，当时他才十八岁，比我稍稍大一点儿。我们曾说："将来有机会，一定要一起演部戏。"江守先生进入文学座后，不仅和杉村春子老师演对手戏，也创作剧本，只是与我的约定一直没能实现。现在，这个约定终于成真了。他说："五十年真是一眨眼就过了啊。"他由此得出结论："这样的话，我们要再活五十年！"（笑）

被胸衣勒得喘不过气的歌剧演员

贝多芬十分认可舒伯特的才能。我也很喜欢舒伯特，但是是从一部叫《未完成交响乐》的电影开始的。电影以他的交响曲《未完成》为主题，主角演绎得实在太出色了！我把演员的照片放进项链吊坠，上音乐学校的四年里一直戴着，尽管那个人明明不是舒伯特。（笑）由玛莎·艾格丝扮演的女高音歌唱家卡洛琳是位贵族千金，我记不太清了，但她不是侧卧着就是倚在椅子上，总之是以一种非常放松的姿势在演唱。在此之前，我以为只能站着唱歌，所以十分惊讶。"啊，原来躺着也可以唱歌啊！"我想要成为那样的人，于是进入了音乐学校。这部电影现在在DVD和电视上都能观看，没看过的朋友一定要看一看啊。

要说有特别多逸事的女高音歌唱家,非蒙茨克拉特·卡巴耶莫属了。她身材高大,有一回 NHK 演播厅公演时,突然换了位个子只有她一半的演员登台。后来才知道,原来是胸衣勒得太紧,让她喘不上气,无奈只好让其他演员代替她。因为体型差得太远了,让人完全没法把两人扮演的角色联系到一起,真是无奈啊。

她出演普契尼名作《托斯卡》时的逸事也特别精彩。《托斯卡》讲述的是歌女托斯卡和画家卡瓦拉多西的爱情悲剧。这部歌剧有很多精彩的片段,如最后一幕时,托斯卡从罗马的天使城堡一跃而下。但这一幕曾出过事故。法国女演员莎拉·伯恩哈特在南美演出时因此摔断了腿,伤痛长久地影响了她后来的生活。总之,如果不小心,这一幕是很危险的,所以一般会在下面铺上海绵。蒙茨克拉特演出时,工作人员可能觉得铺海绵也还是危险,于是准备了蹦床,等她跳下来时再由若干工作人员接住她。然而,所有的设计都落空了。蒙茨克拉特扮演的托斯卡跳下来后,又猛地弹了上去,简直和城墙一样高！本来是一部经典的悲剧，在悲伤的氛围和凄美的音乐中，蒙茨克拉特却"吪"一下飞到了空中，全场观众都大笑起来。猜猜她一共"吪"地弹起来多少次？十三次哦！好像是因为工作人员怎么也没法让她停下来。（笑）

卡在椅子里的托斯卡

下面说说《托斯卡》在日本公演时,我所知的蒙茨克拉特的逸事。普契尼的歌剧以细腻见长,每个细节都有谱曲。第二幕,托斯卡的恋人卡瓦拉多西身为政治犯,被罗马警察局局长带走了,托斯卡想要解救恋人,去求警察局局长。局长想得到托斯卡,以此作为交换条件。接着有段托斯卡杀死警察局局长的情节,最精彩的地方之一就是她取出匕首,乐队同时响起"噌"的一声。但这一回,蒙茨克拉特坐进了一把有扶手的椅子里,臀部卡住了。(笑)坐着取出匕首倒还好,但起身时带着椅子是没法走向警察局局长的,于是她干脆坐着把匕首投向了对方,对方则"唰"一下避开了。有匕首朝自己飞过来,这样的反应也很自然。

不过这样一来，后面该怎么演呢？由于剧情需要，警察局局长一下子捡起掉在脚下的匕首，刺向了自己的胸膛，"自杀"了。真是一场精彩的《托斯卡》啊。（笑）蒙茨克拉特的声音美到难以言喻，我想比起看DVD，听CD的话效果会更好。

纽约那些让人沉醉的音乐剧

最近我时隔已久迎来休假，于是去了纽约。在那里，我看了音乐剧，去洋基体育场看了有生以来第一场夜场棒球赛，铃木一朗也参赛了。我还和朋友们开启了折扣购物之旅。虽然都是不值得一提的小事，但我感到非常惬意和开心。

我在百老汇津津有味地看了音乐剧《南太平洋》。出国前我就想好要多看几部音乐剧，并事先查好了当下最受关注的作品。《南太平洋》很有名，在日本上演过很多次，也曾被搬上荧屏，但这一回是时隔五十年重登百老汇！哪怕是当年才十岁的小观众，现在也成了六十岁的老人了。在这么长的时间里，这部剧竟然一直没有复演，我觉得很奇怪。不过，再次公演时，它可以赢得如此人气，真是了不起啊。

这部音乐剧的编曲由理查德·罗杰斯担纲，他也曾为《国王与我》和《音乐之声》作曲。一九七一年我留学美国时，罗杰斯夫妇对我非常照顾，现在他们都已离世。《南太平洋》里全是人们耳熟能详的曲子，这样的音乐剧是非常难得的。

观看音乐剧那天，非常巧的是，坐在我旁边的是乌比·戈德堡。她的位置绝佳，就在第三排的正中央，可她看完第一幕竟然就走了！周围都坐满了人，那个位置一空，即使从台上演员的角度看过去也是非常显眼的。这么好的作品她却离开了，我不禁感到奇怪。

第二天，乌比在她主持的直播谈话节目里道了歉。她说："《南太平洋》的各位演员们，我为我的中途离席道歉。我将担任本届托尼奖的主持人，所以一早就去新泽西做采访。我对自己的极限非常了解，我担心坚持不到第二幕就会睡着的，所以只看了一幕。真是非常失礼，很抱歉。但这是一场非常棒的演出。"乌比·戈德堡二〇〇七年离开演艺界，现在在做一档日间脱口秀，偶尔我也会看。看到她的道歉说明，我才明白其中缘由。

　　我还看了音乐剧《玫瑰舞后》。它讲述了脱衣舞女郎吉普赛·罗斯·李和她母亲的故事。这个人物是真实存在的，母亲一角由百老汇著名演员帕蒂·卢波恩出演。紧接着上演的是《危险关系》，由法国作家拉克洛的小说改编而成，以十八世纪颓废的法国贵族社会为背景。这部小说也是"男神"裴勇俊的电影《丑闻》的原作。舞台装置也会随着故事变化。在舞台的正中央，有个用布做成的、上半部鼓起来的东西，像柱子一样，发挥着重要的作用。一开始舞台看起来是间豪华的屋子，到最后则变成了垂满绳网、摇摇欲坠的破船。这根柱子象征着"最后，人们都走向了悲剧的终点"，我觉得很有意思。

洋基体育场的"铃木一朗"体验

这次休假期间,最让我兴奋的也许要数去看铃木一朗的比赛了。回日本的前一天,我在旧洋基体育场看到了他和松井秀喜的对决。我曾偶遇铃木先生,并对他说:"下次我要去看您的比赛!"现在这个愿望终于实现了。我是头一次看夜场,心想黑漆漆的晚上要怎么比赛呢?但到了球场后我吃了一惊,原来灯火通明。

棒球真是有意思啊!全场五万人都站着,沉醉于眼前的比赛。大家明明没有排练过,却可以熟练地造出人浪,偶尔在谁那里断了,全场还会发出嘘声。来洋基体育场的观众百分之九十九点九都是纽约洋基队的球迷,所以选手投出坏球时,场上就会响起"哎呀"的感叹声;一朗打出安打时,又会响起一片嘘声。[1] 我对棒球的规则一窍不通，但一眼就能看出大家都是纽约洋基队的球迷。因为人人都在喊"松井"，却听不到喊一朗的声音。估计只有我在喊他吧。（笑）

迎战众人的一朗真的很棒，实在太帅气了。大家都嘘他，正说明大家都很关注他。玛丽亚·卡拉斯曾说："观众都是敌人，我要一直歌唱，直到他们败下阵来。"一朗也是这样，他是可以用一击安打让敌人安静下来的男人。

---

[1] 铃木一朗此时效力于西雅图水手队。

啊，好想出现在电视上

比赛持续了很久，我一直在关注外野区的一朗。最终似乎是纽约洋基队赢得了比赛，但我的注意力全集中在一朗身上，完全不明就里。一定是有什么重要的转折点，让洋基队取得了胜利。我的目光始终追随着一朗。投球也好，接球也好，跑动也好，他一举一动都英姿飒爽，怎么也看不腻。只有一件事让我感到后悔，那就是没带写着"铃木一朗"的大型灯牌。要是带了，肯定会出现在电视上的。

我欣赏铃木一朗，是因为他身为运动员也依然优雅。他之前参演的电视剧《古畑任三郎》我也喜欢，我觉得他像詹姆斯·迪恩，演技也很棒。我发现了，我喜欢的男性有个共同点，那就是优雅。肖恩·康纳利、裴勇俊都是这个类型的。在电影里他们也很温和,不拍摄残酷暴力的场景。我想,优雅的人对于所表现的东西有着自己的理想。

我喜欢美丽的事物，还有创造它们的人！

运动也好，艺术也好，娱乐也好，不管是什么，我喜欢创造这些美好事物的人。欣赏他们的作品是快乐的。因为工作的关系，我得到过很多大师亲手制作的和服和饰品。这真是非常幸福的事情，应该感谢上天。

比如，我在《世界奇妙发现》中穿了二十年之久的和服，就出自已故的"辻花染"大师久保田一竹[①]，配饰也是先生亲自完成的。我在舞台上佩戴过一套华丽的饰品，则是森晓雄的作品。还有此前拍摄《VOCE》时穿的色彩艳丽的连衣裙，出自珠绣

[①] 辻花染，兴盛于16世纪的一种精细复杂的染布技法，后失传。久保田一竹（1917—2003），日本艺术家，一生致力于复兴辻花染工艺。

大师田川启二。当然,那条裙子是借来的,但我每天都背着田川先生设计的包。

我和田川先生是近些年成为好友的。二〇〇二年,他来到《彻子的房间》,我们由此相识。做节目时我们俩就聊得十分投机,录制结束后也一直说个不停。

田川先生说,他读《窗边的小豆豆》时就想和我交朋友了。好奇的事,喜欢的东西,欣赏的人……在这些问题上我们趣味相投,甚至连口味也相近,总能吃到一起。有趣的是,我们发现彼此在用餐的细节上也几乎一致。我俩都喜欢吃寿司。大家吃寿司时,通常不都是拿着寿司,用刺身的部分蘸酱油吗?但或许是我俩都不怎么讲究,总喜欢在米饭和刺身中间加酱油。

之所以这么了解,是因为有一天我们去吃寿司时,我告诉他:"说真的,我喜欢先把刺身揭下来,在中间放点芥末,再蘸酱油再吃。"结果他应道:"我也是!"

成为朋友的条件

对我来说，成为朋友有个很重要的条件，就是能吃到一起。很久以前，发生过一件让我感到遗憾的事。那时我是"NHK 三姐妹"[①]中的一员，第一次和大家去大阪。接待人员问我们："今天晚上吃松阪牛肉好吗？"我父亲很喜欢吃肉，所以我们家常吃牛排、寿喜烧、煮鸡肝之类的菜，我也很爱吃肉。听到接待人员这么问，心里正想着"好呀"，三姐妹中的一位说道："我不吃牛肉。"于是接待人员拿出了备选方案："那吃鱼或者鳗鱼饭怎么样？"结果另

---

① 1954 年，彻子首次试镜合格并参演的广播剧《阿杨、阿宁、阿东》播出，大受欢迎。饰演阿杨的里见京子、饰演阿宁的横山道代和饰演阿东的彻子被称为"NHK 三姐妹"，备受瞩目，最多曾在一天里接受过 10 场采访。当时全日本只有 868 台电视机，还是广播的全盛时代。

一位说："我不吃鱼。"最后我们只吃了锅烧乌冬面，虽然也不错，但我还是想吃肉。

　　田川先生是我最重要的一位朋友。我们总能聊到一起，他为人亲切和善，在设计上也很有造诣。我现在背的双肩包也是田川先生做的。他总是耐心听我提出的各种想法，设计的背包又华丽又时髦，成了我生活中不可缺少的东西。

　　我常出演舞台剧，也要参加联合国儿童基金会的活动，因此总会突然收到礼物，或者需要和对方握手。这时如果手上有东西就麻烦了，所以我总是背着双肩包。要是普通的背包，东西装进去后就会集中地沉在底部，一鞠躬就涌向后脑勺。我想，如果把背包做得宽一点儿，就像手提包那样，会不会好些呢？于是我试着给大手提包穿上了绳子。田川先生看到后，说："我给你做一个手提包形状的背包吧。"没多久，这样一个双肩背包就做好了，上面还有一只珠绣大熊猫。

　　这个包以黑色为主色调。到了夏天，田川先生说："黑色的包看起来太热了，再做个米色的怎么样?"于是,他又做了一个米色的背包送给我。我带着这个包上节目时,常有人问:"这个包是田川先生的作品吗?"我无意中跟田川先生聊起这件事,他又说:"那我再给你做个不那么显眼的吧。"他可是如今日本最忙的人啊!我现在用的,正是那个"不显眼"的背包。

看电影可以锻炼动态视力吗

人拥有得越少,就越是憧憬丰富多彩的事物。战争结束后,比起救济物资,十几岁的我更着迷于电影里出现的一切时髦物品。对于出现在眼前的那些美丽的事物,我似乎格外贪婪。当时我迷上了法国电影,一天能看八部,还常常带着两份便当去影院,甚至看到头晕反胃。(苦笑)除了看剧情,我还会一个不漏地盯着电影里出现的东西。裙子上镶的蕾丝、写信用的纸笺、咖啡杯、花瓶的纹样、鞋子、箱包,甚至衬裙……这些我一眼就能捕捉到。也许我的动态视力就是这么锻炼出来的。(笑)

从法国电影到意大利电影,再到美国音乐剧电影,总之那时的我是个电影少女,也从电影里获得一切关于流行时尚的信息。当时市面上还没有批量生产的洋装，所以我总在看完电影后自己设计，再拜托母亲缝制。

《彻子的房间》开播后，我本着"同一件衣服不能穿两次"的原则，经常把一件衬衫染色后重穿。最近翻看《彻子的房间》之前的影像，让我很有感触的是，我和节目嘉宾一次都没有撞过衫。那时我的服装都要自己来决定，得考虑每期穿什么，还得预测嘉宾的着装，每一回都惊险万分。

制作和服、人偶和饰品的人们

三十年前，在杉村春子老师的介绍下，我和久保田一竹先生相识。"我想要那样的和服！"看到久保田先生制作的和服时，我有生以来第一次有了这种念头。据说先生二十岁参观东京国立博物馆时，看到了一块十厘米见方的辻花染布料展品，被深深触动，于是立志让辻花染重现世间。从此以后，他倾其所有，最终让这一工艺复活。

河口湖畔有座久保田先生的美术馆，那里有一件描绘富士山夕阳的和服。我看到它时，完全被震撼了。那宝石一样的色彩竟然不是油画，而是扎染！这样一件和服，要经过五十次甚至六十次的染色；如果由一人制作，大约需要花费一年的时间！真难想象啊，五六十次的染色……离远一点儿看这件和服，就好像富士山真的浮现在眼前。久保田先生真是天才。

久保田先生也是个很有趣的人。他来看我的舞台剧，夸奖说："彻子女士真是个天才！"二〇〇三年他去世了，享年八十五岁。从那以后，再也没有人这么说我了。

我最喜欢的人偶制作师是与勇辉。有一次，饭泽匡先生邀请我："有一位很有意思的人偶制作师，我们一起去看看？"于是我们去了银座的一间画廊，我就是在那时知道了与先生的作品。他在海外也举办过个展，被誉为"布的雕刻家"。与先生制作的孩童人偶有说不出的可爱！就连在被炉里睡觉的小朋友的脚掌，他都能把那种无力感表现出来。他制作的人偶，即使内部不放置任何保持重心的重物，也能保持站立姿态。我问他是怎么做到的，他一副理所当然的样子答道："人不是都可以站立吗？"不愧是天才！我家里也有与先生做的人偶，连地震时也没有倒下。我最喜欢的是一个有羽毛的小精灵人偶，仿佛可以听见它用稚嫩可爱的声音说："真想飞走呀，该怎么做呢……"

我和饰品设计师森晓雄在纽约时结下了深厚的

友谊，他也是发型设计师须贺勇介[①]的好朋友。森先生制作的饰品运用了莳绘和螺钿等传统技法，非常漂亮。当然，他也有很多欧式风格的作品。

我很喜欢中世纪的欧洲肖像画，尤其是女性肖像，画里的头饰、耳饰等我可以一直看很久。比如维米尔的《戴珍珠耳环的少女》，少女戴的头巾质感好极了，让人觉得仿佛可以将它摘下来。对了，说到喜好，如果不亲眼看一看，我就不知道自己真正喜欢的是什么。现在有很多机会看到真品，所以不妨多多欣赏美丽的事物，能够触碰的就去触碰，然后慢慢地找到自己喜欢的东西吧。

不管是久保田先生、森先生、与先生还是田川先生，他们都有一个共同点，那就是个性鲜明。在我看来，真正专业的人是可以创造出自己的世界的。当别人都在睡觉时，他们不眠不休地钻研着。我想，能达到巧夺天工的境界，也就成了艺术。

[①] 20世纪70年代初，彻子在纽约留学，当时须贺勇介（1942—1990）是纽约最受推崇的发型设计师之一，两人成为至交，后来彻子再去纽约时也会住在他家。彻子的"洋葱头"造型正是在留学期间参考他的建议设计的，既可以搭配洋装也可以搭配和服。

第八章

战争与和平

战争是幸福的反面。

幸福的定义因人而异。对彻子而言,幸福的童年时光因战争而失去了。那些美好、快乐、爱,被一一夺走。战争是可怕的——身为亲历者,彻子将向人们传达这一点作为自己的使命。

幸福的雨天

幸福是什么？

我总是回忆起的幸福时光，并没有什么特别的，而是再平凡不过的情景。那是小时候的事。外面下着雨，爸爸下班回来，一家人都在家。小狗因为下雨也被放进屋里，我和弟弟坐在桌子前等着吃晚饭。电灯很明亮，爸爸和妈妈在一起说着什么，不时传来笑声。这个时候，我觉得特别安心，特别快乐。

在明亮的屋子里，家人们望着彼此。很久之后我才发觉，正是这样的小事，才无可替代。

一九八四年，我作为联合国儿童基金会亲善大使，开始走访饱受战争和饥饿之苦的国家，慰问那里的孩子们。我想，不管何时，战争牺牲的都是弱小无辜的儿童。二〇〇九年我去了尼泊尔，那里的孩子一半以上都营养不良。长期的内战使本国缺乏工作机会，男人们都去印度挣钱。他们中的很多人染上艾滋，回来后又传染给妻子。同样因为战争，很多女性都成了寡妇，孤儿数量也在不断上升。在持续了近十年的内战中，弱小的人们一直忍受着疾苦。

儿时，我能感受到的幸福因战争的到来而消失了。很多士兵死去，食物也没有了，我一直视为好朋友的小狗洛基也离开了。妈妈告诉我"洛基不在了"，我马上就明白了这是死亡的意思。一九四四年的春天，比我小两岁的弟弟也因败血症去世。我想，如果在今天，一定可以很快拿到药物，弟弟也一定不会死，可以好好地活着。因为战争死去的，不仅是上了战场的人，也有在战火中奔逃的普通人，还有饥饿的、得不到救治的孩子。

战争，让幸福瞬间消失了。无论多优秀的人，即使心中反对战争，在时局驱使下也无法将其说出口。我们听到的情报永远是"日本必胜"，但战争的真相，却从没有人告诉我们。身为小孩子，我心里总是想：老是说必胜什么的，那为什么经常还有空袭呢？真奇怪啊。在学校，避难演习也越来越频繁。升入小学中高年级后，不知为什么，我开始察觉到危险。

一天的食物是十五颗大豆

战争中最难解决的就是粮食问题。一九四三年,山本五十六死去,根据文部省命令,全校师生都要在操场上听广播。那时候已经没有东西可吃了,大家饥饿到几乎无法站立,都蹲在操场上。实际上,消息是在山本死后一个月才公布的。当时处理信息的方式大体就是这样的。

我作为联合国儿童基金会亲善大使出访非洲时,每次见到没有食物的孩子们,总会想起小时候的自己。我也曾是饥饿的小孩,战争中过的是怎样的生活?首先是饥饿,其次是由于整天都担心空袭警报,总是睡眠不足。

不管是白天还是黑夜,只要警报响起,就意味着美国飞机将要飞临东京上空,投下炸弹,我们就必须躲进防空洞。即使这样，孩子们也要每天上学。所有的店铺都关门了，买不到任何东西，大家只能拿到配给物资。最开始还有大豆可吃，母亲用平底锅炒一炒，装进我的口袋。大概是十五颗豆子，这就是我一整天的食物。母亲对我说："只有这些，所以要想好再吃哦！"于是，我早上先吃三颗左右，再用水把肚子填满，就去上学了。中午再吃四颗左右。午饭时间一过，空袭警报就会响起，大家要一起躲进防空洞。我蜷缩着身子，脑中一直在想：现在还剩八颗豆子。与其就这么死了，不如在这里先把它们全部吃掉。可要是死不了，回家就没有吃的了，怎么办才好呢？那就先吃三颗吧。如果回去时，房子没有被烧毁，家人还都活着，那就太好了。我这样想着，吃掉了三颗豆子。等平安地回到家，看到家人都还好好的，我就会想：啊，还剩五颗豆子呢，今天运气真不错呀！然而，不久连大豆也停止配给了。更糟糕的是，由于营养不良，我身上开始长脓包，还得了一种叫瘭疽的病，指甲下面全是肿块，还会化脓。不过，到青森县三户郡避难后，我重新吃上了鱼，病马上就好了。蛋白质真的很重要啊。

回家就能见到爸爸妈妈了吧

战争是怎么开始的？不光是孩子，连大人都不太明白到底发生了什么。那个时代不像今天，可以通过电视看到新闻，全都靠广播。随着战争形势越来越严峻，家家户户要上交金属，城里能称得上商店的店铺全都关门了，什么也买不到。寺庙里的佛像啊钟啊，只要可以炼铜炼铁的，通通都被砸毁，运到军需工厂去造飞机的零部件了。即便如此，孩子们还要像平时一样去上学。防空警报一响，我就躲进防空洞，同时想着要是能把剩下的豆子都吃光就好了。虽然回去就可以见到亲人，可家里什么吃的都没有，想想就忍不住叹气。必须要忍耐，我想着这些，警报解除了。回到家，看见家人的一瞬间，才终于安心了——又平安度过了一天，太好了。即使自己运气好活了下来，也必须回家后才能知道家人是否平安。我每天都非常焦虑，但又无济于事。孩子真是不可思议的存在，他们不懂什么是艰辛和苦难，更不懂什么是活不下去想死的感觉。他们想的都是，还剩下三颗豆子要不要吃完，回家就能见到爸爸妈妈了。他们总是可以马上发现身边就有的未来。

父亲是在一九四四年的夏天被派随军的。他是小提琴家，但在不许演奏敌对国家音乐的时局下，开不了演奏会了。正在这时征兵令送到了，于是父亲也离开了家。在他动身前，为了让他有个念想，母亲、我、三岁的弟弟和还在襁褓中的妹妹拍了一张合照。这是我出生以来第一次进照相馆。和父亲见面时，他没有穿皮靴，只穿了一双胶底布袜。那时已经没有皮靴了，人们戴的帽子也各式各样。即使是小孩子我也明白，物资已经匮乏到这种地步了。后来我在新加坡时曾听人讲，有个日本海军军官在看过迪士尼动画《幻想曲》后说："我们一定会输的。"一九五五年，《幻想曲》在日本公映，那是战争结束后十年的事情了。

为了不重蹈覆辙

东京大轰炸时，我正在远离爆炸中心的地方，所以没有目睹真实的死亡情况。战争的苦难，远不止于此。漫画《赤脚阿元》中也有这样的情节，即使在爆炸中幸存，也会被歧视；出征后活着回来，也会带着战争的秘密痛苦地活下去。我现在常想：如果能尽早投降，至少会少死数十万人。被驱赶到前线的士兵对着无线电传达："已经没有弹药、没有粮食了，不要再打了。"但是回复只有一个："战斗到底！"

现在，已有近七十年和平的日本可能很难想象什么是战争。虽然第二次世界大战中有无数人死去，但至今，在世界的某些角落，丑陋的争斗仍在持续。若发生战争，最先成为牺牲品的往往是弱者和无辜者，特别是女性。我希望大家能记住这一点。

为了不重蹈覆辙，要怎么做呢？我认为我们要直面现实，更要换位思考——如果是我，当时会怎么做。

那朵蘑菇云的真面目是原子弹爆炸。在世界范围内第一个报道其引发的惨剧的，是我成人后最重要的恩师饭泽匡先生。当时真相还未被公开，原子弹被通称为新型炸弹。作为《朝日画报》的主编，饭泽先生想要曝光那可怕的炸弹，于是避过军方耳目，将用生命换来的照片偷偷保存下来，最终公之于众。在那以后，饭泽先生辞去了新闻工作，专心于戏剧创作，但人道主义始终贯穿他的一生。

幸福是什么？答案可能会因人而异。但至少战争，永远是幸福的反面。那些美好、快乐、爱，会被战争一一夺走。战争是可怕的。身为亲历者，将这一点传达给人们是我的使命。

二〇〇九年出访尼泊尔

二〇〇九年五月二十四日起,我作为联合国儿童基金会亲善大使,在尼泊尔进行了为期三十天的访问。这是我第一次去尼泊尔。因为首都加德满都是攀登喜马拉雅山南麓的起点,人们会以为这是一个悠闲美丽的国度,但实际上并非如此。直到二〇〇六年,尼泊尔持续了近十年的内战才告结束,国家已经疲惫不堪。

街道上随处可见的垃圾堆旁,常有想捡些有用的东西的孩子。由于负责回收的工作人员在罢工,大街上到处都是垃圾。明媚的景色因为汽车尾气和垃圾产生的尘土消失了,能见度只有三米。更让人难过的是,城市虽然坐落在喜马拉雅山南麓,却根本看不到喜马拉雅山。回到宾馆,我的脸也因为尘土变得粗糙干涩了。

身心受到内战伤害最大的是妇女和孩子。孩子们起初被大人鼓动"为国家而战",但战争一结束,他们就失去了工作。

我见到一个原来的童兵,是个十五岁的女孩,十一岁就入伍了。尼泊尔的孩子个头都小小的,八九岁的儿童,看起来和日本五岁左右的差不多。这位童兵也十分瘦小。她有一张非常珍爱的照片,照片上的她身着迷彩服,手握钢枪。我们在她狭小的家里做了采访。为了让她敞开心扉,我一直握着她的手。其间,摄影师不小心脚底一滑,她吓了一跳,马上露出警惕的目光。这样的目光,一看便知是受过训练的。

我问她为什么要做童兵,她忧伤地说:"因为给钱。当了兵以后,我一年半都没有见过家人,可为了他们,再孤独也要忍耐下去。但是,等战争结束我回到家乡时,别人却对我说'你把枪口对准了自己人,你是杀人犯'。"

童兵中,有被迫将枪口对准他人的孩子。有些孩子不曾参与杀戮,却也目睹过人们射杀彼此的场面。就像我见到的这个女孩一样,很多孩子算是半个志愿军,从没有杀过人,却被叫作杀人狂。我无法想象这些孩子的心灵留下了多么深的创伤。

大象和河马都是草食动物

成年女性的处境更加严峻。由于贫困,大多数尼泊尔男人会独自前往孟买或迪拜务工。有些男人回来时已经感染了艾滋病,但是他们并不知道,就这么传染给了妻子。还有一些女人在印度从事性工作,其中感染艾滋病的人也不在少数。现在,尼泊尔已成为南亚艾滋病患者数量最多的国家。此外,有的男人不光是带着疾病回来,甚至带着女人一起回来,将妻子赶出家门,因此遭受家暴的女性也不在少数。

我还访问了一个由感染艾滋病的女性组成的协会。正因为是弱势群体,一个人什么都干不了,所以必须团结起来。协会有大约一百名患病的妇女,她们靠编筐、做蜡烛等赚取生活费,同时自己耕种获取三餐所需的粮食。虽然弱小，但有同样境遇的一百人聚集在一起，就能共享信息，也会更容易获取药品。我访问的另一个村子里，有个女性组织曾英勇地帮二十名被卖到印度的妇女返回故土，真是很了不起！尼泊尔出美人，在这个组织里，有很多像松坂庆子、真野响子那样美丽的女性。我想，如果是在日本，她们肯定都可以成为演员。

听说现在日本流行"食草男"。其实，大象、河马、犀牛也都是草食动物，却并不能称得上温和。在日本，虽说女性变得强大了，但我想我们也还是不要低估男性为好。就像个性温和的尼泊尔人，在陷入贫穷时也会使用暴力，用无理的态度对待妻子。

搬运沉甸甸的砂石，报酬十日元

尼泊尔和现在的日本有着本质上的不同，在那里，种姓制度依然根深蒂固。工作也好，学习也好，差异与歧视无处不在。先不说那些学习后出国发展的人，只要留在尼泊尔本土，有些人一生都无法摆脱身份的限制。我在做亲善大使的支援活动时，去到了出身最底层的儿童的学校。当时有大约一百五十个孩子手持鲜花来迎接。他们排成了长长的队伍，笑容灿烂，非常可爱。因为孩子们太小了，我只有单膝跪下，一个一个地接受他们的鲜花。这个过程大约持续了半个小时，周围人惊讶地说："彻子女士，为什么要在身份如此低微的人面前屈膝？"

至今我访问过很多国家，见到了许多孩子。在亚洲和非洲，孩子们的生存环境有一处显著的不同。

在非洲国家，适合孩子的工作很少；但在亚洲，孩子们却有可以工作的地方。尼泊尔五岁至十四岁的孩子中，有百分之三十六的男孩、百分之四十八的女孩是不上学的，需要去工作。女孩大多是餐厅的洗碗工或女佣。在尼泊尔，五岁就开始工作并不是什么稀奇事。更让人吃惊的是，在河边的采砂场，常能看到孩子们泡在齐胸深的河水里，脚下踩着锋利的石块搬运河砂。如此搬运一次，只有十日元左右的报酬。

因为从小就拼命劳动，一半以上的孩子都营养不良，却去不了医院。我曾在治疗重度营养不良的医院里，见过一个拒绝进食的两岁男孩。他两手合十，很礼貌地向我问好。这个孩子只吃妈妈的母乳，身体看起来仅有一岁孩子的大小。

在尼泊尔的博克拉，联合国儿童基金会设立了支援机构，教孩子们读书写字，还提供缝纫、刺绣等职业技能培训。有位授课老师早年也曾在河里采过砂石。孩子们生病或受伤时，附近的医院就会派遣护士过来，并无偿提供药品。我去访问的那天，看到学生基本是女孩子。我问她们："长大以后想做什么？"有个孩子说："我想成为设计师。"我拜托道："那将来你要给我做衣服哦。"她显得非常高兴。

供电也是一个很大的问题。我在尼泊尔期间，一天有十六个小时都在停电。在黑暗中生活尚且可以忍受，但冰箱里冷藏的疫苗却会因为停电而坏掉。为了救助更多孩子，这些问题必须一个一个解决。

练习深蹲和相扑四股大有益处

尼泊尔多山地，很多地方只能步行抵达。每到此时，我就会感慨印度深蹲真是好东西。拜访一些家庭时，根本没有路可走，全是山崖。要踩着岩石凿成的台阶一级一级向下，每步都得踩实，并留心不要掉下山崖。工作人员在前面带路，说："我们再去看看附近的家庭吧。"可我们怎么走都不见房屋，好容易看到有户人家，就问他："是这里吗？"他回答："不是！"于是所有人都异口同声地叹了口气。（苦笑）真是稍走几步就非常辛苦。我最近在家经常练习"相扑四股"，因为相扑力士贵乃花说："这么做可以变瘦。"但是做相扑四股真的非常费力气，需要保持姿势三十秒，我通常到二十五秒就开始喘了。

我很耐热，并且坚持锻炼身体，不吃生食，所以作为亲善大使出访时从没闹过肚子。最让我无可奈何的是虫子,我受不了它们的触须和脚。在日本时,我很讨厌蟑螂,蜘蛛也讨厌得不得了。出访时我决不会把行李摊开,鞋子也全部放入包里,每天检查好后才会睡觉,所以鞋子里进蝎子之类的事情也从没发生过。不过,即使害怕我也不会大叫。我总是随身带一瓶杀虫剂,一个人向虫子宣战,或者把被子拉过头顶蒙住脑袋,就可以睡觉了。毕竟,当地人一直都在这样生活啊。

当然分成十份,为什么这么问?

在纷乱的世界中,许多年轻人都会对未来感到不安。怎么做才能消除这种不安呢?我想只有大家心往一处想,劲儿往一处使。在现在这个时代,很多人觉得"只要自己好就可以了",我对这样的想法存有疑虑。

一九八七年,我出访莫桑比克时,曾见过从游击战战场逃出来的难民们。他们一两万人聚集在一起,找到可以落脚的地方就会搭起一片营地。在一处营地里,我见到一位正在哺乳的母亲,于是问她:"您有几个孩子?"她答道:"嗯……有八个……不对,应该是十个。"听了这句话,我心想她似乎不太会数数。可并非如此,因为这位母亲接着说道:"我自己的孩子有五个。路上我看见失去亲人的孩子,就一起带来了。"我又问道:"那如果现在有一个面包，您要怎么分呢？"母亲随即答道："当然分成十份，为什么这么问？"我感动得差点掉眼泪。在战争中，我见过很多母亲宁可自己挨饿，也要把食物留给孩子，但在当时的日本，真的没有多余的食物分给别人。而莫桑比克的这位母亲，却让自己的孩子和别人的孩子分享食物，因为大家都生于同一国度。莫桑比克发展到今天，已成为非洲的榜样。

我将一副望远镜送给了莫桑比克总统。当时正值内战，所以我对他说："请您用这副望远镜来看战场吧。"总统却回答道："不，我要用它来看这个国家的未来。"这是一位多么了不起的领导者啊。

日本曾长时间地闭关锁国，那时的人们不知道海的对面是什么，也许觉得只要日本好就可以了。但如今的日本不再如此。还有，和世上其他国民相比，我们或许会感到自己是幸福的。受上天眷顾，我们生活在四季分明、没有干旱的地方，教育也得到了普及。

我听说近来有很多年轻人都不知道战争是哪天结束的，甚至还有人不知道我们打过仗。这样的历史，学校竟没有好好教给孩子，真是奇怪啊。

我的战争责任

茶道"里千家"的前家主千玄室曾是特攻队队员。[①]他告诉我,执行任务的前夜大家都会喝酒,因为第二天也许就会死去。某天晚上有人提议说:"我们冲着故乡的方向喊声'妈妈'吧?"一开始大家都不愿意,觉得难为情。可到了最后,每个人都流着眼泪大声喊道:"妈妈,妈妈!"

有件事一直困扰着我。在我心中,那正是我要背负的战争责任。战争期间,只要在自由之丘的车站摇旗给士兵送行,就能分到一片鱿鱼干。我从教室的窗户向外望去,看见车站人头攒动,就拔腿跑

[①] 里千家,日本最大的茶道流派,历史悠久,影响深远。千玄室(1923—),里千家第十五代家主,以"一碗茶中出和平"为理念,致力于茶道文化普及和世界和平。

出了学校。挥舞旗子，只是为了一片鱿鱼干——这件事在我内心留下了极大的罪恶感。我送行的人中，有人再也回不来了。我曾在电视上说过这件事，那期节目播出后，我收到了一封老兵的来信，信里说："五十多年来，我一直恨着那场战争。但是，听了您的话以后，我知道在那场战争中，甚至连那么小的孩子都受到了伤害。我想，我的仇恨就到此为止吧。从今天起，我会放下仇恨。"

战争在人们心里留下了阴影。不管心中的伤痕有多少，都没有人会来负责。即使一切都被烧毁，也没有人可以补救。这样的不幸不该再发生，全世界的人们都应该共同祈祷，不要再有战争了。但愿这个愿望终有一天能实现。

二〇〇八年出访柬埔寨

二〇〇八年,我作为亲善大使去到柬埔寨。我第一次访问柬埔寨是一九八八年。一九七五年,波尔布特掌握政权,其后有两三百万人被杀。由于屠杀是从有影响力的人开始的,到一九七九年波尔布特下台,柬埔寨已经基本没有了老师、学者、医生、政治家、僧侣、演员这些被称为知识分子的人。波尔布特在国境严密封锁的情况下屠杀柬埔寨人,所有这些都是后来才被人知晓的,真是恐怖。

二十年后重新踏上这片土地,可以看到柬埔寨处处都处于复兴中。一九八八年我在金边访问时,一到晚上街道就一片漆黑,现在都已装上路灯,也有了服装店,在ATM机上就可以用信用卡取出美元。街道上一片生气,我见到有辆摩托车载着一家五口在马路上骨碌骨碌地跑。也许是因为全家人都在一起，他们看起来很开心。但从前，街上都是流浪的儿童。

二十年前的柬埔寨没有酒店，我是在类似政府迎宾馆的地方住宿的，里头也没有洗澡水和自来水。如今，当地已经建起了豪华的外资酒店。我住的地方还有电视，而且正在播《冬日恋歌》，真让人吃惊！不过，这部剧里主要的女性角色至少有三个，按理配音演员应该也会有三个。但在柬埔寨都是一个演员配的，大家的声音都一样。二十年前，柬埔寨的演员只剩下文化部长一个人，我想培养配音演员的路还很长。

另一方面，不管都市怎么复兴，乡下的情况还是未能改善。这次我访问了柬埔寨中部的磅同省和北部的上丁省。从金边到上丁省实在太远了，我们坐车在路上颠簸了九个半小时！我有一个毛病，就是乘车的时候会一直醒着，因为害怕睡着后发生什么。真是相当长的旅途啊。到达目的地后，我们还要从那里乘船去湄公河。

事实像《杀戮战场》一样残酷

上丁省是受越南战争影响的区域之一。军队从北向南移动时途经柬埔寨,在其南部埋下了地雷。另一方面,美军投掷集束炸弹时,很多小炸弹在空中分开后并没有爆炸,残留了下来。金属可以卖很多钱,孩子们会去捡拾,因此很容易被炸伤。

此行的目的是帮助当地清除地雷,真的很危险。为了不被炸伤,我们都穿上了夹有铁板的防弹背心,又重又热。当然,我们还戴上了头盔,这样一来就听不太清声响了。这么做是为了保护鼓膜。炸弹的破坏力太强了,连引爆时的声音都如此恐怖。

我还去了柬埔寨大屠杀博物馆。这里曾是波尔布特政权管辖的集中营,囚禁了约一万七千人。这些人经历严刑拷打,最后活下来的只有十二人。馆里展示着遇害者的照片。被屠杀的不仅是知识分子,据说连儿童和年轻的女学生也未能幸免。人们被关在十分狭小的地方,我们去的时候温度就有四十度,湿度则在百分之七十五上下。不仅如此,还有种种刑讯拷问,比如在一个大缸里灌满水,将头按进去;把人挂在高处,身上再系铁锁……这里还有一条疯狂的法则:不管刑讯多么痛苦,都不能大声哭喊。

博物馆附近有一处墓地,人们称它"杀戮战场"。有一部叫《杀戮战场》的电影讲的就是大屠杀的故事。出演该片的柬埔寨演员获得了奥斯卡最佳男配角奖,他原本是医生,在妻子遇害后就踏上了逃亡之路。电影所描述的都是真实的。比如,先让即将被杀害的人们在草丛里挖坑,等坑的大小足以容纳他们时,就把他们的手捆在身后,让他们跪在坑边。刽子手用斧子砍下他们的头颅,再将他们踢进他们自己挖的坑里……上一次来这里时,因为挖出了数量相当惊人的骸骨,当地正在进行清理。这次来,这些骸骨被收入了馆中。我隔着玻璃,哀伤地望着悲剧发生的草丛,那片或许还掩埋着许多骸骨的草丛。

为了保持积极向上的心态，
我们所需要的是……

望着这些骸骨，我不禁想，这些知识分子被杀害时，比起自己将要死去的哀伤，可能更忧心"这个国家会变成什么样"。先驱者一个个被杀，国家只剩下农民，接下来要怎么办呢？我去访问少数民族村落时，村长说："波尔布特政权下台后，要团结村民实在太难了。"想让更多人凝聚在一起并积极前行，为人敬重、受过教育的人是必不可少的。

一九八八年，第一次来到杀戮战场时，我见到了超过九千具的遗骸。那时我并没有感到恐惧或者不适，因为遗骸就像是逝去者悲伤的面庞。

"我们的孩子怎么办？"

无数骸骨在我的眼前，我能感受到他们将死之际的心绪。

在磅同省，我去到了学校、幼儿园和医院。

柬埔寨的小学入学率是百分之七十五，其余百分之二十五的孩子都在工作。因为入学年龄不同，所以即使同年级的学生岁数也差很多。而能从小学毕业的人则不到一半。虽然身处知识分子几乎都被杀害的国度，孩子们字却写得很好。他们许多人都没有笔记本，只能用白粉笔在黑板上书写。高棉文非常难，连数字"一"的笔画结构都很复杂，我完全记不住。有个男孩怎么都写不好，身旁的女孩笑着说他"真笨"。看到他们孩子气的模样，我也露出了笑容。

一个正在稳步复兴的国家最需要的援助是什么？我遇到的一位老师说："只是学习的话，孩子们在大树底下都没关系。"教师资源不足是最大的问题。此外，虽不至于饿死，但孩子们营养也不够，还亟须接种疫苗。比如会引起小儿麻痹症的脊髓灰质炎病毒，只要接种疫苗就可以轻松预防。

苦难刻在脸上

时隔二十年再次来到越南，还有一件事让我很在意，那就是许多人内心的伤痛无法磨灭。我们的翻译是位二十几岁的女性，她说她的爷爷、奶奶、叔叔和婶婶都被杀害了。几乎所有人都有家人罹难的经历。令人痛心的是，在越南的村庄，很多人都死于告密，所以如今大家都互相猜疑，无法信任他人。即使生活在同一个村子，也难以团结在一起。

我在一个村庄的卫生所里遇到了一位助产士。大屠杀时期，她一直隐瞒身份，假装成农妇战战兢兢地过日子。她还不到老人的年纪，额头上却已有了深深的皱纹。看到她我想，没有体验过快乐和趣味的人，苦难也会刻在脸上吧。真让人难过啊。

不过，我在访问的医院里遇到了一件好事。那是省城里的医院,有人通过剖宫产生下了三胞胎!最小的婴儿一下子就看见了我。人们都说刚出生的孩子是几乎看不见的,可我并不这样想。以我的经验来看,早夭的孩子,会有想要快快看看这个世界的感觉。所以,见到与我对视的那个小婴儿,我不安地想,啊,要是他没能活下来该怎么办?好在他香甜地睡着了,我终于安心了。虽然没有保温箱,但是大夫说不必担心。

非洲第一美女

"从来没见过这么美的人!"

那个女人突然从幽暗中走来,深深吸引了我。这是一九八九年我访问非洲的安哥拉时的事情。

一九八四年,我被任命为联合国儿童基金会亲善大使。从那时起,每年我都会前往一个国家,访问那些因战乱而陷入贫穷和饥荒的孩子们。在这样艰难的环境里,是很难见到如此美貌的女性的。这个安哥拉女人的美丽,直到现在我都记忆犹新。

联合国儿童基金会在安哥拉的首都罗安达设有机构,所长是塞内加尔人。即使在非洲,塞内加尔也是因身高而闻名的国家。这位所长大概在一米九以上。

那天晚上,联合国儿童基金会举办招待各国大使的晚宴。由于内战,当地时常停电,我们被烛光包围着。晚宴进行到一半，柏林墙被推倒的新闻传来。大家都站了起来，一边拍手一边大声欢呼，还有人说："诺贝尔奖应该颁给戈尔巴乔夫！"每个人都笑容满面，兴奋不已。就在这时，从暗处轻快地走出一个身穿洁白的民族服装的女人。那是所长先生的妻子。她身高一米八左右，有金线刺绣的雪白长衫与她褐色的皮肤十分相衬，让人觉得就像走进了莎士比亚笔下《奥赛罗》的世界。这种民族服装叫"卡夫坦"。等她走近后再看，小巧的脸庞、大大的眼睛、高挺的鼻梁——我想我从没见过这么天生丽质的人。还有，清晰的线条勾勒出完美的唇形，就好像在宣告"这才是嘴唇"。她如果去巴黎，一定马上就能成为超级名模。我不由得屏住了呼吸，开始试着和她交谈。她举止得体，谈吐也很有魅力。

我问她觉得自己哪里最美，她说，她并不认为自己有多漂亮，也不认为美貌是值得骄傲的事。她每天都在祈祷，希望可以帮助更多孩子。我不禁感叹，原来世上真的有这样的人。在我看来，她就像圣母玛利亚一样纯洁美丽。

活着就要跳舞

一九八九年,安哥拉的内战已持续了十五年,满街都是流浪的残疾儿童。有人因踩到地雷失去手脚,有人因炸弹碎片双目失明,有人因爆炸而失聪,还有人大脑受到损伤……更有一些孩子,在很小的时候就被砍掉了手足。然而,在一个难民营里,为了欢迎我们,当地的女人们活力十足地跳起了舞。在气温超四十度的沙漠中,什么乐器都没有,她们像鸟儿一样高声歌唱,和着歌用手脚打着拍子,全力地舞蹈着。她们似乎在用身体诉说:我们失去了家园,也不知道丈夫去了哪里,但是,让我们暂时放下一切,欢乐地度过今天吧!而身旁的男人却蜷缩身子,低着头蹲在地上。直到告别时,女人们都一直在跳舞,一拨累了换另一拨,至少跳了有三个小时。那时我想,男人活在理想中,当他们想到"这不是我期待的""今后要怎么办"时,往往会站在绝望深渊的边缘;女人则更为现实,她们能够迅速调整心态,想"至少我们还活着,总之先跳舞"。

正是这些无法遗忘浪漫的人,让我也能发现更多美好。在我收到的所有花束中,我认为最美丽的一束来自卢旺达陆军医院的士兵。那些还不到二十岁的年轻人中,很多是因迫击炮轰炸失明的,还有踩到地雷失去手脚的。一个半边脸裹着纱布的年轻士兵作为代表送上了花,是由向日葵、木槿和长春花组成的花束,以藤蔓代替丝带打了个结。其实,这附近根本看不到正在盛开的鲜花,在如此荒凉的地方,他们是如何找到这么一束花的呢?因为工作的关系,我经常在剧场收到大捧的鲜花。但就是这么小小的一束,我觉得比以往收到的任何一捧花都美丽。

担任联合国儿童基金会亲善大使的理由

不论在哪个国家,孩子们都纯真得让我揪心。由于胡图族和图西族的纷争,非洲的卢旺达也经历了残酷的大屠杀。谈及家人遇害的事,孩子们都认为是自己的错。"为了救我,妈妈死了。""就是因为我当时没听话,爸爸死了。"孩子们就是如此纯真,为并非自己的错误而内疚心痛着。在印度时,我曾对一个因破伤风快要死去的男孩说:"你要加油啊!"孩子"呜、呜、呜……"地回应着。护士告诉我:"他在为你的幸福祈祷。"坦桑尼亚一个无名村庄的村长曾对我说:"黑柳女士,孩子们在临死之际也没有任何怨言,依然信赖着大人,就这么默默地在香蕉叶下死去。"我们能做的,到底是什么呢?

我担任儿童基金会亲善大使最大的理由是,联合国难民署高级专员绪方贞子老师告诉我，战后我也曾受儿童基金会的照顾。①第二次世界大战后，从欧洲开始，几乎所有国家的孩子都处在饥荒中。美国等国表示："不要给日本和德国的孩子送去食物。"联合国儿童基金会首位执行主任莫里斯·佩特却说："对孩子而言，是没有敌人和同盟的。"因此在一九四九年至一九六四年间，儿童基金会一直不计回报地给战败国的儿童赠送物资。大家的父母儿时在学校里喝到的脱脂奶粉，都是儿童基金会送来的。如果没有这些物资，许多人可能都会营养不良。这些给予我们的关爱，是真正不计回报的大爱。

---

① 绪方贞子（1927—2019），国际政治学家，1991年到2000年在联合国难民事务高级专员公署（UNHCR）担任高级专员。1978年到1979年任联合国儿童基金会执行主任。20世纪80年代初，绪方贞子受时任会长委托，从亚洲推选一位亲善大使，于是推荐了彻子。那时正好《窗边的小豆豆》英文版出版，她把书送给了会长，并感慨："彻子就是这样懂孩子。"绪方贞子还曾任联合国人权理事会日本代表、援助阿富汗日本政府代表、日本国际协力机构理事长。

图书在版编目(CIP)数据

就是要活得生动 / (日)黑柳彻子著;贾超译.
海口:南海出版公司, 2025. 1. -- ISBN 978-7-5735
-0993-2

Ⅰ. I313.65
中国国家版本馆CIP数据核字第2024H46U26号

就是要活得生动

〔日〕黑柳彻子 著
贾超 译

出　　版	南海出版公司　(0898)66568511
	海口市海秀中路51号星华大厦五楼　邮编 570206
发　　行	新经典发行有限公司
	电话(010)68423599　邮箱 editor@readinglife.com
经　　销	新华书店
责任编辑	张　锐
特邀编辑	蒋屿歌　王心谨
营销编辑	陈歆怡　李琼琼　刘明辉
装帧设计	尚燕平
内文制作	张　典
印　　刷	北京盛通印刷股份有限公司
开　　本	787毫米×1092毫米　1/32
印　　张	8
字　　数	119千
版　　次	2025年1月第1版
印　　次	2025年1月第1次印刷
书　　号	ISBN 978-7-5735-0993-2
定　　价	49.00元

版权所有,侵权必究
如有印装质量问题,请发邮件至 zhiliang@readinglife.com

著作权合同登记号　图字：30-2024-129

《TETSUKO ZA BESUTO》
©Tetsuko Kuroyanagi 2011
All rights reserved.
Original Japanese edition published by KODANSHA LTD.
Publication rights for Simplified Chinese character edition arranged with KODANSHA LTD.
through KODANSHA BEIJING CULTURE LTD. Beijing, China

本书由日本讲谈社正式授权，版权所有，未经书面同意，不得以任何方式做全面或局部翻印、仿制或转载。